智读汇

连接更多书与书，书与人，人与人。

（365 日精进）

— 在职场中修行系列 —

做不一样的自己

伍注意　著

当代世界出版社

图书在版编目（CIP）数据

做不一样的自己：365日精进 / 伍注意著 . ——北京：
当代世界出版社，2019.9
ISBN 978-7-5090-1486-8

Ⅰ . ①做… Ⅱ . ①伍… Ⅲ . ①小品文—作品集—中国—
当代 Ⅳ . ① I267.3

中国版本图书馆 CIP 数据核字（2019）第 041856 号

做不一样的自己：365 日精进

作　　者：伍注意
出版发行：当代世界出版社
地　　址：北京市复兴路 4 号（100860）
网　　址：http://www.worldpress.org.cn
编务电话：（010）83908456
发行电话：（010）83908409
　　　　　（010）83908377
　　　　　（010）83908423（邮购）
　　　　　（010）83908410（传真）
经　　销：全国新华书店
印　　刷：北京欣睿虹彩印刷有限公司
开　　本：710mm×1000mm　1/16
印　　张：25.5
字　　数：270 千字
版　　次：2019 年 9 月第 1 版
印　　次：2019 年 9 月第 1 次印刷
书　　号：ISBN 978-7-5090-1486-8
定　　价：49.90 元

推荐序

澡雪而精神

你是自己的创造者，你是自己的创造物！

我们的所行、所思、所学、所交、所乐，无不影响着我们会成为什么样的人！

有个小和尚，每天早上负责清扫寺院里的落叶。清晨起床扫落叶实在是一件苦差事，尤其在秋冬之际，每一次起风时，树叶总随风飞舞。每天早上都需要花费许多时间才能清扫完树叶，这让小和尚头痛不已。他一直想要找个好办法让自己轻松些。后来有个和尚跟他说："你明天打扫之前先用力摇树，把树叶统统摇下来，后天就可以不用扫落叶了。"小和尚觉得这是个好办法，于是隔天他起了个大早，使劲地猛摇树，这样他就可以把今天跟明天的落叶一次扫干净了。一整天小和尚都非常开心。第二天，小和尚到院子里一看，他不禁傻眼了。院子里如往日一样满地落叶。老和尚走了过来，对小和尚说："傻孩子，无论你今天怎么用力，明天的落叶还是会飘下来。"小

1

和尚终于明白了，世上有很多事是无法提前的，惟有脚踏实地，每日精进，才是最真实的人生态度。

脚踏实地，每日精进，这就是做人的智慧。《礼记·大学》有载，"汤之《盘铭》曰：'苟日新，日日新，又日新。'"商朝开国君王成汤，在自己的澡盆上刻下了这九个字，以此来诫勉自己。古之君子日日沐浴，勿使身体发肤沾惹尘埃、积累污垢。身体如此，心灵也是一样。每日必有所得、有所获，当去芜存菁，从而成为更好的自己。古人教育我们，要从勤于省身并每日更新。精神上的洗礼，品德上的修炼，思想上的改造又何尝不是这样呢？

古人认为雪色洁白，晶莹剔透，象征着纯洁，乃世间至纯之物，以雪洗身可以清净神志，并以此喻清除意念中的杂质，使神志、思想保持纯正，这就是庄子所谓的"澡雪而精神"。类似地，《礼记·儒行》中还有一句"儒有澡身而浴德"。"澡身"，是沐浴，清洗身体；"浴德"，是戒斋、寡欲、清心。磨炼身心，修身养性，以保持品德的高洁、品行的高尚、心灵的纯粹，这就是"君子儒"。

精明的人在聪明地等，智慧的人在老实地做。《做不一样的自己》这本书是作为一个企业家经营企业、学习国学、修正自我、活出精彩人生的心得。它不但为朋友们提供学习和生活借鉴，更为诸君人生修行提供一次每日精进的机会，点燃一束智慧之光！

南相

2019 年 3 月 12 日

自序

唯奋斗者得功名

来不及认真对待年轻，蓦然回首，半百光阴已无踪，五十载弹指一挥间。

正所谓"回想少年骑竹马，转眼便成白头翁。"咱乡下男人，一旦年过半百，因劳累过度不免腰弯背驼，或剃个光头，留撮胡须；或着件长衫，叼根烟杆；或拄个拐杖，憋个老腔，大有"人到中年万事休"之慨。顾影自怜，我虽还不至于此，但毕竟韶光已逝，青春不再，人生苦短，夫复何言！

来不及好好经营公司，突然发觉，混迹江湖已十二载，恍惚一梦间。

追溯往昔，当年懵懵懂懂离开家乡，只是为了能够脱贫致富，南下广东难圆梦，再闯上海梦难圆。几次创业，几度沉浮，两次冲出体制的边界，誓做一个商海泛舟之人。然而，商场如杀场，职场如战场。开公司仿佛是一条不归路，员工们可以走，职业经理人可以走，而你不能走，你必须独自忍受痛苦和艰辛。

从房地产的黄金十年到行业当今的白银时代，行业利润水平中枢下滑已是业内不争的事实，过去一味地追求高毛利而导致库存积压的模式无法持续。随着行业调控手段的多样化和严格化，一味追求坐销的模式已无法持续，不会改变思路的营销代理公司亦无法持续，再加上限购限贷和操作模式收紧等调控手段的打压，如何追求"有质量的增长"、追求营销整合能力的提升，成为了当下房地产代理公司的难题。

地产人没有节假日，从年头忙到年尾，没有片刻闲暇是常态。这是我这么多年地产人生涯的感悟，当年与我一同踏上这条道路的朋友，如今依然从事地产方面工作的，渐行渐少。纵使地产行业是大道，却并非坦途，豪情壮志渐渐平息，激情褪去之后，疲惫的累积压垮了不少人。

地产行业的老行伍，经常挂在嘴边一句话："这一行，看天吃饭，好三年、坏三年，起起落落总难免。"不是所有人都愿意、都能够熬过低谷，熬过地产行业的"冬天"。

为什么那么多人整日间忙忙碌碌却碌碌无为，看上去很努力，却终究一无所获？为什么有些人长期坐冷板凳，等不到出头的那一天？为什么有些人才能平平，工作却一帆风顺，深受上司器重？为什么有的人年纪轻轻就当上主管、副总，成为公司不可缺少的栋梁之才？

那么，如何才能在地产人的道路上径情直遂、高歌凯旋？

在我看来，乐观积极的工作态度，是这一切的前提。这种态度，代表了主观能动性，代表了敬业乐业、勤业精业的职业精神。优秀的地产人不能没有这样的品质，一个无需鞭策就能自我拼搏的员工，一个会积极思考善于总结的员工，一个时时刻刻能想公司所想、急公司所急的员工，才是地产企业最需要的员工，才是一个真正优秀的地产人。

如海上行船，公司上下各有分工，船长、舵手、瞭望手，乃至最底层的每一个水手，做着不同的工作，却都是为了这艘大船能够驶向正确的目的地。每个人都有属于自己的一份责任，每个人都必须为同一个目标而团结协作、献策献力。老板如船长，统筹大局、确定航向、规避风浪；员工如水手，引帆系索、执行命令。分工虽然不同，地位虽有高下，但却是一个利益共同体——懈怠的水手若倾覆了帆船，他自己，也会是落水者；怠惰的员工损害的不只是公司的利益，也是他自己的利益。为公司着想，就是为自己着想；对工作负责，就是对自己负责。

如今这个时代，竞争日益激烈。差劲的员工四处碰壁，合格的员工也在淘汰边缘，只有优秀的员工，才能激流勇进，争出属于自己的一片天。遍数地产行业，谁能胜人一筹？谁能立于不败？谁能力争上游？优秀的地产人当仁不让。每个有志于在地产行业做出一番成就的人，都要学着做一个优秀的地产人。爱岗敬业、认真负责、努力拼搏，只是成为一个优秀地产人的前提。能把自己真正当做公司这条大船上的一员，以主人翁精神衡量自己的所作所为，对公司的前进和发展多有助力，才是成为优秀地产人的正确道路。

积极完成所有工作，即使遇到困难也不退缩，敢于迎难而上，更要有独立解决问题的智慧和决心。在本职工作以外，主动提高自己，站在公司的角度考虑问题，"不谋万世者不足谋一时，不谋全局者不足谋一域"。一帆风顺时，为公司的发展壮大出谋划策；当公司遭遇困境时，能和公司站在同一条战线上，并肩作战不退缩。

如果你正在这么做，那么，你已经走在了成为优秀地产人的正确职业道路上；如果你已经做到这些，那么恭喜你，你一定可以在地产领域，做出一番属于自己的事业。

在我认识的地产人中，称得上"地产大咖"的大有人在。但谁的事业也不是一蹴而就的，在成为老板以前，他们的共同标签是"地产小生"。从小生到大咖之间，他们五年、十年乃至更长的职场奋斗史，或许更值得大书特书、更让人肃然起敬。

忝为地产行业的一名先行者，我由衷希望，在这条路上，能有更多、更优秀的后来者。

行业兴则企业兴，我希望地产行业可以薪尽火传、生生不息，永远如朝阳一般，充满活力和希望。

这本书，是我个人在工作、学习、生活中的一点心得、一些浅见，集结成册、付梓刻印，便是希望有志于这个行业，或是其他行业的年轻人，都能够有所得、有所获、有所进益。

唯奋斗者得功名，在各个行业坚持的年轻人们，衷心祝愿你们有功成名就的一天。

我希望

每一个年轻人都能来地产行业走一趟

经历过风浪，才能更加茁壮

我希望

每一个地产小生都可以坚持知难而上

有起伏跌宕，终见明月大江

我希望

每一个成长中的地产大咖能初心不忘

纵一时彷徨，仍然斗志昂扬

如果你愿意在地产的江湖征战一场

如果你有成为"地产大咖"的愿望

那么，请珍惜你现在的平台

竭尽自己所能，攀登最高的山峰

你来人间一趟

值得去山顶，看看不一样的风光

伍注意

湖南梅山

2019 年 1 月 3 日

目录 | CONTENTS

壹月

首阳，犹有寒霜，唯有梅花独绽花香。

1

贰月

花潮，初露嫩草，经冬果树初发新桃。

33

叁月

莺时，盎然春意，暖风携香沁人心脾。

65

肆月

槐序，春风化雨，景色明媚使人心愉。

97

伍月

鸣蜩，不觉聒噪，居高声远增添热闹。

129

CONTENTS

陆月

溽暑，漫游莲湖，倏尔风来炎热消除。

161

柒月

兰秋，菱花娇羞，清溪波动娟好静秀。

193

捌月

桂秋，桂花落雨，满庭飘香心怡几许。

227

玖月

菊序，微凉秋雨，芙蓉出水亭亭清毓。

259

做不一样的自己 2

CONTENTS

拾月

飞阴，木叶落影，秋风乍起片片相迎。

291

拾壹月

龙潜，秋季走远，初冬新临凉意寒。

323

拾贰月

清祀，深冬已至，银装素裹雪纷飞。

355

壹月

首阳，犹有寒霜，唯有梅花独绽花香。

在职场中修行是必修课

职场中，最重要的一件事：努力；最重要的两个字：我能；最重要的三宝：自信诚实微笑；最重要的四句话：你好！请问？谢谢！没问题。

职场如同江湖，江湖有江湖的规矩，职场有职场的原则，如果不懂规矩，只会被淘汰。在职场中，需要理性的竞争，但我并不欣赏职场中勾心斗角的存在，因为人毕竟是感情动物。懂得珍惜职场中人与人之间的真情，是值得鼓励的。在职场中，太多人分不清楚什么叫做理想，什么又叫做梦想。理想是理智的梦想，在实现理想的过程中，需要一步一步去完成。而这一点，很多年轻人并不能做到。

随悟

高度决定眼界，格局决定成败

人＋山＝仙，人＋谷＝俗。高度不够，看到的都是问题；格局太小，纠结的都是鸡毛蒜皮。提升高度，放大格局，方能成功！

好读史书，略有感悟：每一次改朝换代都是最彻底的颠覆。很多人说中国早已经没有真正意义上的贵族，然而，我们总是能在历史中看到相似的面孔，很多成功的人往往会有一个不简单的祖宗。仅仅只是给自己脸上贴金的攀附？我不这么看，即便家族的荣光已经散尽，但这些家族只要还没有腐朽殆尽，他们的后辈中总是能出现一两个俊才。为什么？因为他们曾经站上过那样的高度，懂得峰顶上的风光。即便食不果腹衣不蔽体，他们的格局依然不止贫瘠的一亩三分地和稀薄到能照人的粥汤。年轻人应该把目光放长远一些，把自己的格局扩大一些。当你在早上思考的不是早饭吃什么，而是这一天的计划；当你在晚上不是把时间浪费在打游戏追网剧，而是努力提高自己上，那么，我相信，成功对你来说，不过是或早或晚的事情。

随悟

胸怀有多大，成就就有多大

三个工人在工地砌墙，有人问他们在干嘛？第一个人没好气地说："砌墙，你没看到吗？"第二个人笑笑："我们在盖一幢高楼。"第三个人笑容满面："我们正在建一座新城市。"十年后，第一个人仍在砌墙，第二个人成了工程师，而第三个人，是前两个人的老板。

什么是格局？在我看来，是李白的"安能摧眉折腰事权贵，使我不得开心颜。"是杜甫的"安得广厦千万间，大庇天下寒士俱欢颜。"是孟子的"穷则独善其身，达则兼济天下。"格局太小，只看到眼前的得失，路只会越走越窄；格局大了，看得到未来的方向，路才会越走越宽。同样是搬砖，有人搬进了巴黎日本新加坡，有人只能撸着串坐在马路牙子上数着钱袋算着工期不停地搬家。

随悟
....
....
....

浪费时间就是浪费生命

人生最大的成本是时间，时间最大的浪费是等待，请把时间用在对你有价值的事情上！不要浪费，不要犹豫，不要等待！

花时间去等一个不爱你的人，就像你明明走进了火车站，却等着飞机进站；就像你明明生活在现实里，却总是想象着像漫画里那样背起螺旋桨周游世界。把希望寄托在别人身上，等着沙漠开出一朵小花，可结果呢，你的人生丢了，回头发现除了影子一无所有。年轻人，为自己活一次吧，不要再犹豫了，你再这样，影子也要走了。

随悟

吾生也有涯，而知也无涯

　　凡是学习的场所，门口停的多是奔驰、宝马、路虎、劳斯莱斯等；而在网吧、游戏厅、麻将馆门口，停的都是摩托车、电动车、自行车！这就是为什么富人越来越富，而穷人越来越穷！学习才有希望，不学就会跟不上，要想改变口袋，先要改变脑袋，再好的手机都要充电，再好的电脑系统也要更新；如果一个人的思想观念不改变，就会被这个社会淘汰！

　　正如歌德说的："学习，人不光是靠他生来就拥有一切，而是靠他从学习中所得到的一切来造就自己。"进取心是摆脱颓废的最佳手段，如果你想成为一个杰出的人物，那么你就需要克服拖延的习惯，拾取自己的进取心，向着目标努力。要让自己形成一个不断自我激励、向着高境界前进的习惯，那么不良品质和习惯就会逐渐消失。而想要发挥这份进取精神，唯有的行动就是让自己学习，从学习中消灭不良品质的生存环境，用积极的心态和奋进的精神去收获，否则，不思进取的你只能会成为一个后退的失败者，衰竭了自有的学习能力。

随悟 ....

....

....

学会和孤独相处，以奋斗度过一生

没有人陪你走一辈子，所以你要适应孤独；没有人会帮你一辈子，所以你要奋斗一生。

每个人成长过程中会遇到很多的人和事，他会遇到给他生命的父母，会遇到陪伴他余生的爱人，会拥有他自己的孩子，会得到亲朋好友的帮扶，但是，养育他的父母会终老，陪伴他的爱人也会失去，他的孩子也会有自己的人生，亲朋好友终归还是忙碌着自己的生活。而这个人，要用他自己的力量经营一生的成长，要在他所有的经历中归结他的收获，不论是喜悦还是哭泣，不论是怅然还是纠结，终归他要面对的是一个人的孤独。要知道：没有人陪你走一辈子，所以你要适应孤独；没有人会帮你一辈子，所以你要奋斗一生。

随悟 ....

....

....

吃亏是一剂处世良方

> 合作时愿意让利的人，不是因为笨，而是知道分享。工作时愿意主动多干的人，不是因为傻，而是懂得责任。

到了一定高度的人喜欢读史书，以史为鉴，可以知兴替。天下大势，合久必分，分久必合，商场上的合作也是一样。但圈子里偏有这样一个例外，凡是合作过的，基本都"绑"上了战车，赶都赶不下来。问他能找到这么多牢靠伙伴的秘诀，他也不藏私，就三个字："能吃亏。"所谓的"吃亏"其实就是让利，看上去是自己少了一分利，实际上却是"合则两利"，付出了眼前的一点点，收获的却是将来的一大片。这样的人，能把生意做大，也是理所当然的吧。

随悟

只有想不到，没有做不到

人生第一快乐是做到自己认为自己做不到的事，人生第二快乐是做到别人认为自己做不到的事。

有位叫羽生结弦的日本运动员，被称为"冰上精灵"、"花滑王子"，他是冬季奥林匹克运动会有史以来第一个蝉联男子单人滑冠军的选手，打破了一系列被视作不可能被打破的纪录。他以一己之力，给花滑这项运动在东亚三国带来了无数的关注度。他的演出票房超过日本顶级的歌星，是日本冰协最为倚重的代言人和"摇钱树"。如果只是第一次看到他，多数人很难想象，这个温润如玉，身形有些单薄的少年，究竟是如何创造出这一系列的壮举，达到这样的高度的。

但羽生结弦的一席话，道出了所有："做不到的话，就做到能做到为止；做到后，就继续做到完美为止；做到完美之后，就继续做到无论做几次都能完美为止。"

每个人的能力都是有限的，有当下的自己做不到的事情，并不算奇怪。但别因此而被别人否定，更不能自己否定自己。做到曾经做不到的事情，你才能发现，其实努力的自己，无时无刻不在成长啊！

随悟 ....

....

....

战胜自己就是一种成功

成功是你与自己的一场战役。每天进步一点点，就是在不断超越自己。

通往成功的路，是一场孤独的长跑。和你较量的只有你自己，别人跑得多快或者多慢，对你来说并没有任何意义。你只看得见自己出发的起点，但却并不晓得终点会在哪一刻到来。在这场孤独的旅途之中，你唯一可以参照的坐标系，就只有过去的你自己而已。如何衡量你的进步？如何确定你是不是距离成功更近一些了？没有别的方式，只看你是不是已经变成了更好的自己。这条路上，你唯一需要战胜的对手，也只有自己。

随悟

有目标的人生才有方向

有目标的人在奔跑，没目标的人在流浪，因为不知道要去哪里！有目标的人在感恩，没目标的人在抱怨，因为觉得全世界都欠他的！有目标的人睡不着，没目标的人睡不醒，因为不知道起来去干嘛！生命只有走出来的精彩，没有等待出来的辉煌！容易走的都是下坡路！坚持住，因为你正在走上坡路，走过去，你就一定会进步。

等待是度过人生的最消极的方式，是对有限生命的无谓浪费。小孩子擅长用哭闹的方式，驱动大人帮助他们达成目的，得到想要的结果。但这样轻松的人生，在他们长大一些之后就不复存在了。往后余生，他们要通过学习攫取知识，通过考试战胜同学，通过面试获得工作，通过工作获得收入，通过恋爱获得伴侣……这一切，没有一样是靠着等待就能获得的。成功也是一样，守株待兔是等不到成功的，人的一生，每一点每一滴的辉煌，都要靠自己的双手创造。

随悟 _____

_____

_____

意外也是人生的一部分

> 人生中想象的好多事都没发生，而发生的很多事都不敢想象，这就是人生无常。

生活分为两种，一种是外部生活，一种是内心生活。外部生活包括你的衣食住行、职业家庭、社会地位。内心生活包括你的心境、修养、价值取向。外部生活取决于太多因素，世事无常。一场天灾，一次人祸，可能会把幸福的生活推向深渊；一张彩票，一本小说，可能会让草根一夜逆袭。既然有太多运气的成分，那么努力就好，至于努力的结果，不用去管它。有个爱好就去坚持，至于坚持的结果是什么，不用去管它。

随悟

人生说破不如看破

有喜有悲才是人生，有苦有甜即是生活。为人在世，难得一个"笑"字。笑对名誉，不争；笑对邪财，不取；笑对生活，不求；笑对波折，不恼；笑对权贵，不卑；笑对得失，无忧；笑对人生，无拘。

每个人两手空空地来到这世上，终将两手空空地走回去。上帝不会问你这一世你做成了多大的事业，有了多少资产，因为在上帝眼里，人类无论多大的成就都渺小得不值一提。那么你就会问了，我们为何白跑这一趟？在我看来，人生重在体验，悲欢离合，酸甜苦辣都得有，这才是人生。王阳明曾说："夫万事万物之理不外于吾心。"笑对人生，笑看世事沧桑，酿一壶时间的老酒，每年品品个中滋味，这才是生活。

随悟

夫唯不争，故天下莫能与之争

世间真正的高手是：能胜，而不一定要胜，有谦让别人的胸襟；能赢，而不一定要赢，有善解人意的意愿。

古人云："海纳百川，有容乃大，壁立千仞，无欲则刚。"意在让人能够心胸开阔，有刚直的浩然之气。就如安徽桐城"六尺巷"的传说，如果没有当年张英回复的"千里捎书只为墙，再让三尺又何妨。长城万里今犹在，不见当年秦始皇。"的家书谨言，让自家人先礼让邻居三尺，又怎会让邻居因其谦让、豁达的胸怀而退让三尺，赢得了一世的邻里安好。所以说，世间真正的高手是：能胜，而不一定要胜，有谦让别人的胸襟；能赢，而不一定要赢，有善解人意的意愿。

随悟

坚持是一种简单却不平凡的品质

坚持把简单的事情做好就是不简单，坚持把平凡的事情做好就是不平凡。所谓成功，就是在平凡中做出不平凡的坚持。

17世纪的荷兰代尔夫特，有个中年大叔，日复一日、年复一年地做着磨镜人的工作。他小时候没受过什么教育，头脑也不算聪明，去过大城市闯荡，当过不太成功的商人，最终回到家乡，找了一份清闲的工作。磨镜片是他的一个小爱好，透过镜片，他可以看到一个被放大的、光怪陆离的世界。后来他成为了当时世界上最好的磨镜人，并且打开了一扇门——一扇通往微观世界的大门。他就是安东尼·列文虎克，显微镜学家、微生物学的开拓者。

随悟

因为相信，所以看见

> 你相信你能在峰顶看到不一样的风光，于是你爬上山顶，一览众山小；你相信海底存在一个不一样的世界，于是你潜入海中，深海未曾对人绽放的瑰丽玄奇向你敞开怀抱。人生总是，先相信，后看见。

想成为专业人士，想成为不可替代的人，想成为有影响力的人，想成为有智慧的人。是的，如果你一直在想，那么就只能一直想下去，而把它们作为目标的人就会主动去掌握和争取自己的命运。最重要的一点就是相信自己，你对自己有多少的肯定，命运就会让你得到多少的成绩。相信是一种积极的态度，是一种督促的动力。如果你不够相信，那么就只能原地踏步等着被别人替代，而那些相信自己的人已经替代了原位置的人。

随悟 ....

....

....

做个靠谱的人

巴菲特曾说："靠谱是比聪明更重要的品质。"靠谱就是：凡是有交代的事，件件有着落，事事有回音。

有这么一句话："诺不轻许，故我不负人；诺不轻信，故人不负我。"当今社会，夸夸其谈的人已经越来越容易被淘汰。而一言九鼎、言出必践、真心实干的人，却在承诺于你的时候，就在心里规划了蓝图，并付诸实践。这样的人只会给你最终的结果，并非只是为了满足你而给出不切实际的承诺。敏言讷行的人只适合聊天，而实在靠谱的人更适合做事。想要把事情办得超出预期，需要的不是圆滑的小聪明，而是"靠谱"。

随悟

一切的成就源于一个好心态

心态不好，说穿了，就是心太小了。心态的"态"字，拆解开来，就是"心大一点"。心若每天大一点，心态还怎会不好。

禅师年纪大了，需要找一个可以继承自己衣钵的人。他在地上放了一只盂盆，盂盆里盛着水，问三个徒弟看到了什么。小徒弟抢着说："是盂盆"。禅师摇了摇头，心下有些失望，只看到盂盆便是着了相，便是落了下乘。二徒弟略一思量，回答道："是盛了水的盂盆。"禅师仍然失望，只看到皮相，并未看见骨相，仍显愚钝。大徒弟最后睁了眼："水中有星河灿烂，暗藏三千世界。"禅师便明白，庙太小，容不下这个弟子了。心有多大，世界就有多大，心大一点，你的未来就有无限的可能。

随悟

凡事总要有个理由

如果你找不到一个坚持的理由，你就必须找到一个重新开始的理由。元宵佳节已过，工作可以重新开始了！

清末民初史家谈迁，自幼刻苦好学，家贫，靠替人抄写、代笔或作记室维持生活。谈迁博览群书，善诸子百家，精研历史，尤重明朝典故。他立志编撰一部翔实可信的明史，从明天启元年（1621年）开始，历时20余年，前后"六易其稿，汇至百卷"，完成一部编年体明史，共500万字，取名《国榷》。清顺治四年（1647年），《国榷》手稿被窃。他时已53岁，发愤重写，经4年努力，矢志不挠，终于完成新稿。顺治十年，携稿随人北上，在北京两年半，走访明代故臣搜集明代遗闻，并实地考察历史遗迹，加以补充、修订。《国榷》以《明实录》为本，参阅诸家史书，考证订补，取材广博，选择谨严，为研究明史的重要著作。坚持是一个人意志力的体现，只有不怕重来，经历过逆境的磨练才能让自己更加坚强，才能有所成就。

随悟

怎样的人生才不算虚度

人生：敢闯，才有机会！敢拼，才有未来！人的一辈子没有一帆风顺！雨再大，也有停的时候！再大的乌云也遮不住微笑的太阳！不苦不累人生无味，不拼不博人生白活！

很多时候，如果人生不曾给你一个负反馈，你都不知道，自己能拥有怎样的格局。大部分的人，这一生平平淡淡、庸庸碌碌地过了，到头来除了至亲之人，谁也没办法记住。他们的人生没有一个明确的目标作为方向，也没有要必须达成目标的动力，得过且过、随波逐流是对他们最好的评价。但能够被这个世界记住的，其实是那些人群中的逆行者，是狂风巨浪里的弄潮儿，是那些面对刀山火海也一往无前的殉道者……他们的人生，以拼搏为主旋律，以自己的言行，奏响那个时代的最强音。

随悟

命运掌握在自己手中

　　如果，你正在埋怨命运不眷顾，那请记住：命，是失败者的借口；运，是成功者的谦词。命虽由天定，但埋怨，只是一种懦弱的表现。

　　失败者习惯于怨天尤人，从自身以外的地方找借口，纵然是身为人杰鬼雄的西楚霸王项羽，乌江自刎时也仍然愤慨"乃天亡我，非战之罪"。而他的对手刘邦呢？历史上无数人贬低这个出身低微的痞子流氓，似乎觉得他除了运气好以外便一无是处。可是显然，斩白蛇赋大风不是刘邦缔造汉王朝的天命；慧眼识人、知人善任、用人不疑、从谏如流，才是他之所以成功的秘诀。运气好？是的，刘邦的运气确实不差，但倘若觉得他真的是运气好才拥有了一个偌大的帝国，那便是荒谬了。

随悟 ....

....

....

祸福相依，庸人莫自扰

如果事与愿违，就相信上天一定另有安排；所有失去的，都会以另外一种方式归来；常起善念相信自己，相信时间不会亏待你。

"塞翁失马，焉知非福"的典故相信很多人都听说过，塞翁丢了一匹马却时隔不久带回了胡人的马，儿子骑马摔断腿，免于被征发从军，避免了在战场上丢掉性命的命运。所以说不是所有的坏事就是祸事，要考虑到所有事物都有它的莫测变化，要用平常心待常事，平和心待众事。一时的损失或许就会换来之后的好运，要相信任何事情都有它的两面性，都是上天的安排，否极泰来，不必追根究底。古语有云，人在做天在看；举头三尺有神明。唯有抱着一颗仁善的心，以和善的德行，感念一切所遇，感恩一切所行。

随悟

因上努力，果上随缘

人生的快乐无非就是这四要素：可以改变的去改变，不可改变的去改善，不能改善的去承担，不能承担的就放下。

人与人之间，从陌生到熟悉，就是一个相互展现真诚的过程。你把"真善美"演绎到了极致，那么就必然会得到喝彩的掌声，甚至热情的拥抱。命运对每个人都是公平的，与其活得悲悲戚戚，不如过得坦率自然一些。那样，即使无法改变结局，也会因为有颗乐观开朗的心，而让过程有些不一样。其实生活无需去背负太重的东西，就如背着行囊过河，你的背包里装满了一路捡拾的石头只会增加负重。本来你前行的目的是为了河对面的快乐之地，为何还要不舍这一路见过的石子呢？如果太累了，就把它留在原地轻装前行吧。

随悟

人生总要苦那么一阵子

许多人为了逃避苦一阵子，最终却苦了一辈子。

古语云"吃得苦中苦，方为人上人"，在人生百味里，最难过的恐怕就是苦了。但是，苦终归只会是一阵子，而不是一辈子。这就需要人们吃得了现在的苦，牟足了奋斗的劲。香港的董建华在他父亲逝世后，在世界航运业衰退时期，接管面临破产的船业。他怀着坚持不放弃的决心，和朋友、同事团结一心在逆境中求生存，扭转了东方航运的命运。经历失败和挫折不可怕，只要有自强不息、艰苦奋斗的精神，去克服困难取得胜利。人需要的是坚强的意志力，鞭策和激励自己能吃得了苦，受得起难，那样真正地拼搏挣扎过了，才能活成自己想要的样子。但许多人为了逃避苦一阵子，最终却苦了一辈子。

随悟

做一回真实的自己

不要让自己被三件事所控制：过去，别人和金钱。面对外在世界，有时需要妥协宽容；但在自己的心里，一定保持独立自由。成为你想成为的人吧，因为你只有一次生命。

活在过去里终究会把自己活成负累，那是停滞的生命，看不出进步的新生，如一潭死水，沉寂而又落寞。活在别人的世界里终究会让自己丢失了自我，那是停止的成长，看不出真实的自我，如一具形骸，死寂而又阴沉。被金钱所迷惑了心智的人，总是过于活在了算计里，算计着别人也在埋没着自己，终究要把自己葬在铜臭的金钱里不得安息。活在今天的自我里，不要去计较金钱的得失。得之我幸，失之我命。把人生看淡、看清、看远，那样才能活出真的自己。所以不要让自己被三件事所控制：过去，别人和金钱。

随悟

说话是一门学问

> 语迟则贵：不懂时，别乱说；懂得时，别多说；心乱时，慢慢说；没话时，就别说。

"是非只为多开口"，意在说明口舌是祸起之门，但又是福祉之门。说话是一种能力，不说却是一种智慧。把急事慢慢地说，把小事淡淡地说；没有确凿证据的事不如不说，没有亲眼所见的事不要胡说；不能完成的事不能乱说，子虚乌有的事不能瞎说。学会闭嘴，学会用脑，控制自己的心绪，把牢自己的门户，更是一种修为的养成和智慧的象征。水深不乱语，人稳不多言。低调、谦逊远比言表、炫耀更能看出一个人的涵养和作为。所以说语迟则贵：不懂时，别乱说；懂得时，别多说；心乱时，慢慢说；没话时，就别说。

随悟

先做好人，再做好事

人该省事，不该怕事。人该脱俗，不可矫俗。不该顺时，不可趋时。求人如吞三尺剑，靠人如上九重天。有钱，把事做好，没钱，把人做好，这就是人生！

一个年轻人前往银行参加面试，他在进门时，发现地上有一枚别针，于是他把它捡起来别在了自己的衣襟上。考官问他捡到了什么，年轻人毫无怯色地回答："一个别针掉在地上，我想它可能还有用。另外它留在地上，也是很危险的。所以我把它捡起来了。"面试官问了他一些专业问题后，就录用了这个有见地的年轻人。多年以后，这个年轻人成为了一名大银行家。是的，这枚别针就如我们的钱，用的对了它就是宝贵的，就有价值；而用在了错误的地方，或是只知道一味地吝啬金钱，那样终究只会成为金钱的奴隶。所以说：有钱，把事做好，没钱，把人做好，这就是人生！

随悟

笑对人生风雨

其实正能量的人，未必真的比负能量的人过得好，他们只是看得开心态好。他们也许面临过很多困难，经历过很多不堪，是世事和自身把他们造就成元气满满的正能量。

看开些吧，生活并不会因为你的不如意而放弃折磨你，命运不会因为你的不幸而选择放过你。你越是懦弱、越是求饶，苦难就越是如影随形跟着你；你越是勇敢、越是不屈，就越有可能战胜伴随着你的苦难，强大自己的身心。即便是相同的境遇，笑着面对的人，也总比哭丧着脸的人，更值得钦佩，更值得被赞赏。

随悟

看开这两样，人生不一样

人品之不高，总为一利字看不破；学业之不进，总为一懒字丢不开。

孔子曾这样教人观察一个人的人品："视其所以，观其所由，察其所安"，从一个人的所作所为，行事的动机和方法，他的价值取向和志趣所在去考察，就能看清其人品。而对于利，他也有过"放于利而行，多怨"的教诲，意在说一切行事为了利益的话就会招来人的怨恨。对于人生的进退得失，他也有过"止，吾止也；进，吾往也"的古训，如果一味地安于本分、不思进取，就什么也干不成了，人要在安于本分的前提下不断进取而不是懒惰得不思进取。

随悟 ....

....

....

没有过不去的坎儿

世上除了生死，其他都是小事。生活中不管遇到了什么烦心事，都不要自己为难自己；无论今天发生多么糟糕的事，都不要对生活失望，因为还有明天。

有位商人在一次投资时失利，这让他损失了巨额的财产。平时里他最宠爱的妻子，也收拾细软离开了他。双重的打击让他选择每天都买醉度日，直到有一天他醉倒在一家铁匠铺的门前。他醒来时铁匠正在为他准备醒酒的茶水。铁匠说："看见这烧红的铁块了吧，你得趁热打，你稍微放下手里的锤头，这块铁就废了。但如果你坚持过来了，那就是件有用的铁器了。"商人被这句话震撼到，现在的自己又何尝不是一块烧红的铁块？想要成器，就要经得住锤炼。于是他振作起来，重新创业。所以说世上除了生死，其他都是小事。生活中不管遇到了什么烦心事，都不要自己为难自己；无论今天发生多么糟糕的事，都不要对生活失望，因为还有明天。

随悟

别给自己的人生设限

世界会向那些有目标和远见的人让路。你若不给自己设限，人生中就没有限制你发挥的藩篱。

　　儿子小时候养了两缸金鱼，同一个摊贩同一个水盆里同样价格的金鱼，一年后，养在水缸里的金鱼长到了半个巴掌大；养在广口瓶里的，却仍然和最初一样大小。你的眼界决定了你的成就，如果困顿于一口水井，纵然是蛟龙的种子，也只能长成一条泥鳅。你要相信你的潜力不止眼前这些，是你自己限制了自己的成就。相信自己，你看到的远方有多遥远，你就可以走多远。如果你看到的只有眼前，那么你所能抵达的，也就只有目光所限的方寸之间。世界会给你更大的舞台，只要你愿意向更多人展现自己的风采。

随悟

贰月

花潮，
初露嫩草，
经冬果树初发新桃。

坚持造就天才

世界上哪有什么天才！坚持做你喜欢的事情，这本身就是一种天赋。坚持自己的梦想，即使没有翅膀也能飞翔。

没有谁能随随便便成功，失败是必然，成功是侥幸，无数人走同一条路，能走到终点的人，未必没有在路上跌过跤；只是他会在跌倒后爬起来，继续走。跌倒一回，就爬起来一回；跌倒两次，就爬起来两次。跌倒多少次都能坚持爬起来继续走，那么不管路有多长、有多难走，也总是能走到终点的。人没有鱼鳃，但想要潜入海中的人如愿了；人没有翅膀，但想要飞上天空的人也成功了；人跑不过猎豹，但人发明了汽车，就能跑得比猎豹还快。梦想不该被嘲笑，只要你选择坚持。

随悟

人间真善美

　　智慧人生，悟中得慧：选择善良，不是软弱，因为我明白，因果不空，善恶终有报应；选择宽容，不是怯懦，因为我明白，宽容了他人，就是宽容自己；选择糊涂，不是真糊涂，因为我明白，有些东西争不来，有些不争也会来；选择平淡，不是不奢望繁华，因为我明白，功名利禄皆浮云，耐得住寂寞才能升华自己。

　　选择善良的人，看起来似乎好欺负，但是最终会有个幸福的人生。因为种瓜得瓜，你种下什么，未来就收获什么。

　　选择宽容的人，看起来好像怯懦，不敢报复。其实他宽容他人的同时，宽容了自己，让自己的人生更加安然。

　　选择糊涂的人，看起来好像糊里糊涂。其实这里面有种大智慧，他看到了事物的内在规律，所以不属于自己的东西不去抢夺，属于自己的东西不做过多无益的动作。

　　选择平淡的人，看起来好像清心寡欲。其实他们有着更长远的目标，只有远离功名利禄这些俗世浮云，才能最终升华自己。

随悟

认真的样子最美丽

静下心来好好做你该做的事，努力过后，你会发现你比想象中的自己优秀得多。

美国作家威廉·沃特说："如果一个人永远徘徊于两件事之间，对自己先做哪件事犹豫不决，他将会什么事情都做不成。"做事情最忌讳左顾右盼犹豫不决，这样个性软弱没有主见的人，终究会一事无成。而古罗马诗人卢坎所描写的一种具有恺撒式坚忍不拔精神的人，却能够获得最后的成功——因为一切的艰难困苦在恺撒面前都不算什么。山在那里，越过去就好；河在那里，渡过去就好；敌人在那里，挥舞刀剑杀过去就好。我来，我见，我征服；没有什么能够阻挡，这种恺撒式人物，对成功的向往。墙头草一样摇摆不定的人，迟早都会被意志坚定的人所淘汰。因为人生是一场长跑，每一步积累的优势都会被时间无限放大。专注于一件事而坚持去做，想到的什么事情立刻去做，放下那些影响你专注力的因素，静下心来好好做你该做的事，努力过后，你会发现你比想象中的自己优秀得多。

随悟

梦想是逆境中的一束光

感悟：一个人至少要拥有一个梦想，遇到困难时，才有理由去坚持。心若没有栖息的地方，到哪里都是流浪。

《少林足球》里，周星驰有一句妇孺皆知的台词："做人如果没有梦想，和咸鱼有什么两样？"我一直很欣赏这句话，做人呢，梦想还是要有的，无论这辈子你是不是真的有能力去实现它。老骥伏枥，志在千里的，是骏马；拉着磨在原地转圈圈的，就只是驴。世界很大，如果有机会，你应该去看看每一个地方不同的风光；梦想很大，如果有机会，你应该把心目中构想的乌托邦，在人间真实地呈现。或许这一辈子，你的梦想都只是梦想而已；但抱着梦想活着的人，不至于会变成一具灵魂空空的躯壳。你的人生可以只是单调重复，但你的心中应该常怀梦想，记得看看太阳，记得生命之中，还有诗和远方，让自己的心灵，有一个可以挣脱麻木自由放浪的地方。

随悟

改变自己，才能改变你的世界

> 生活很多时候让你对一些事情无能为力，但是你可以改变你自己，以更好的姿态和勇气去面对那些事情，这就是为什么有些人会成功，有些人会失败。

哪有什么无能为力，只不过是你还没有拼尽全力。不把自己逼上绝路，你又怎么知道，自己有多大的潜力？有人以为不撞南墙不回头，就是莫大的勇气；但倔强的人撞到了南墙也不会回头，他们会撞破这堵墙，找到全新的道路。

远古的海岸边，一条鱼探出水面爬上了岸，才有了如今大地上丰富多彩的各种生灵。谁说鱼离不开水？只是你还没有改变自己，用全新的姿态，迎接人生给你的新一轮摧残。只要你不曾放弃，你终会被打磨成璀璨的宝石。

随悟
_____

_____

_____

人生需要找到一个支点

圆规为什么可以画圆，是因为脚在走，心不变。人不能圆梦是因为，心不定，脚乱动。

如何实现梦想？"蓝图放心中，道路在脚下。"我年轻的时候，遇到过一位北京来的工程师，他在不惑之年远离家乡，重新开始自己的职业生涯，在一个设备落后、人心麻木、资金枯竭、濒临解散的地方国企，承担几乎实现不了的、力挽狂澜的使命。他依然怀抱理想，相信自己可以给这个封闭的地方带来改变，尽管，这条路不好走；尽管，这个梦很难实现。

十年后再遇到这位工程师的时候，这家当年几乎要关门的企业，已经成为了当地国营经济中难得的一抹亮色。问及他是如何成功的，他的回答依然是那十个字："蓝图放心中，道路在脚下。"目标定了，就要咬定青山不放松；然后，就去拼，就去闯，就去干。路就在那里，没有什么好走不好走的，走下去，你就会看到你心中曾经规划的蓝图，有朝一日，终将成为现实。实现梦想就这么简单，只是知易行难，懂得这个道理的人很多，下定决心去做的，却少之又少。

随悟

做不一样的自己

> 你今天必须要承担别人不愿承担的事，你明天才能享受别人享受不了的生活。

老一辈人奉行一句话："吃得苦中苦，方为人上人。"但如今的年轻人却不屑于这样一句话，他们笃定成功是有捷径的，在视频网站和直播平台上玩出位，然后一朝爆红天下知，每天开着摄像头公布自己的生活，就能收获无数拥趸，金钱滚滚而来。殊不知，站在风口上的猪可以飞起来，首先是要找到这个可以让猪飞起来的风口，最后才是等风来。很多人习惯于把机会成本排除在外，他们的眼里也只看到成功者却不晓得这只是成功者偏差。这样的人纵然等来了风，侥幸乘风而起，最终也会跌得很惨。只有脚踏实地，一步一步迈上最高峰的，才有底气说："这是属于我的成功，别人偷不走，我也丢不掉。"

随悟

强大的心灵无惧流言蜚语

如果别人的言行容易伤到你，表示你还在射程之内。你需要使自己变得更强大，这样才能远离射程。

早年从教时，班级里有个如同高岭之花的女孩子，长得漂亮，成绩也好，写字画画都好看，还有舞蹈底子。正是因为比周边的同龄人都优秀，所以难免被孤立，也少不了被指指点点，甚至还有人造她的谣。女生也哭过，但后来却像是觉悟了一般，只是比以前更发奋。后来，她考上了北京一所顶尖的学校，又公费委派出国，回来后进了部委，和仍然留在小城里的同学，成了两个世界的人。再回乡的时候，别人也没有了和她比较的意思，有羡慕，却没了嫉妒。抵挡流言蜚语的最好方式，不是用最锐利的词锋反击，而是努力提高自己，将这些只会用言语伤人的人，远远抛在身后。

随悟

成功靠方法

成就任何一件事情都是不容易的，你必须同时具备以下三个条件：1.有相信自己会成功的信念。2.使用正确的策略和方法。3.采取持续而有效的行动。

圈子里有个朋友，喜欢登山，世界十大高峰，已经挑战了一小半。花甲之年，身体素质也比同龄人好，我很好奇，他是怎么做到的？他略有些得意，不过真讲起来，道理也很简单。首先，反复告诉自己可以做到，强化自己的信念；然后，寻找过往成功者的资料，找到一条最适合自己的登山之路，以及准备好最齐全的装备、雇佣最靠谱的向导、准备最周全的应急预案；最后一步，就是抵达山脚，一步一步往上爬了。做任何事情都是如此，不唯独登山如此。

随悟

做一个德才兼备的人

小用看业绩，大用看品格；业绩就是尊严，品格就是德性；业绩就是话语权，品格就是通行证。

合作的一家分销商，前些日子发生了一件不大不小的事儿：有个经理做假账虚报名目，卷了几十万走人了。钱虽不多，但总归是吃了一个闷亏——这个经理，还是老总指名一手提拔上来的。当时人事那边报了两个人让老总选择。两人前后脚进公司，销售成绩也不分伯仲。只是相对而言，一个要踏实一些，更有实干精神，但换而言之，也就是不太擅长做一些旁门左道溜须拍马的事情，行事虽然堂堂正正，却缺了一丝变通；而另一个处事圆滑、懂得人情世故，说话风趣又能照顾到每个人的情绪，相对于做事，似乎更擅长做人。不过后者私底下的风评要略差一些，但老总觉得，用人当不拘小节，些许小事影响不了大局。确实，乙在新的岗位上干得真的不错；但相对的，新的岗位也给了乙更大的辗转腾挪的空间。不到半年的时间，乙果然就用职位之便，捅了个不小的窟窿。这家分销的老总此后便频频感叹，用人，不仅用才，更要用德啊！

随悟

坚持奋斗，成功只是早晚的事情

> 生活是公平的。只要你愿意努力拼搏，总有一天你能成为别人仰视的对象，甚至连自己都被感动。

说起白手起家，身边的朋友之中，有一位真正的传奇。他是个遗腹子，父亲死在抗美援朝的战场上，母亲则在生他的时候伤了元气，没两年也走了。鳏居的叔祖有一顿没一顿把他养到了八岁，也驾鹤西归，从此没了一个亲人。得亏那年有了大锅饭，社里不缺一个半大小子的吃食，他也渐渐能挣一些工分，慢慢养活了自己。可比起有父母帮衬的，他终究还是孑然一身，虽然吃穿无忧，也没能攒起什么家底，也就耽误了成家的事。一直到80年代，他在赶集的时候看了场电影，才晓得外面有怎样的精彩世界。后来就孤身闯荡广州，从卖牛仔裤、手电筒做起，渐渐积攒一笔家资。难得的是他不曾因久贫乍富而膨胀，做生意依然勤恳，并不挥霍所得。中年以后时来运转，终于积攒出偌大身家。他常说，所有命运的馈赠，都在暗中标好了价格。如果你的付出不曾得到对等的奖赏，那就意味着，坚持下去，你将得到更大的收获。

随悟

有信心，万事都不难

> 有许多的事情，都不是因为难以做到才让人们失去信心，而是人们失去了信心，事情才变得难以做到。

中国出产的丝绸制品蜚声海外，但在近代，真正占据国际丝绸市场的，却是日本。为什么？因为日本商人挥舞着钞票和黄金，雇佣法国工程师，发明了提花编织机。中国的丝绸上有最精美的图案，但这样顶级的丝绸，产量却非常小。因为培养一个高明的绣娘，不仅仅需要积年累月的时间，更考验绣娘本人的天赋。中国商人并不是不想改进这样的缺点，但绣坊的主人却告诉每一个前来询问的商人，这不可能。但法国工程师却把复杂的图案分解成了简单重复的一个个单元，把这工作交给了机器去处理。固然仍然没办法复制中国绣娘最精巧复杂的工作，却让绣花丝绸成为了可以批量生产的工业品。达成成功的先决条件，是你相信自己可以成功。如果你先否定了自己、否定了成功的可能，下意识中就选择了放弃，又怎么可能获得成功？

随悟

学习的目的在于运用

学习三重境界：1.听话照做；2.一模一样；3.融会贯通。第一重比较难，因为人总有自己的思想，第二重需要时间，到第三重才能自由挥洒！

古有孔子"学而不思则罔，思而不学则殆"的教诲，教诲人们要不停地学习不停地思考。也有荀子"不积跬步，无以至千里，不积小流，无以成江海"的《劝学》，意在规劝人们要脚踏实地慢慢积累所学经验。古人用他们千百年来的智慧，督促着历朝历代学子的进取，也在历史的长河中传颂着"读万卷书，行万里路"的真知灼见。如果不能够坚定思想持之以恒，不去利用时间多去学多去做，那么终究只会停留在最浅显的层面上，不得要领，不得进步。

随悟 ....

....

....

活在当下就是乐观人生

无论今天发生多么糟糕的事，都不应该感到悲伤。今天是你往后的日子里最年轻的一天！

正如洛克所说："人生的磨难是很多的，所以我们不可对于每一次轻微的伤害都过于敏感。在生活磨难面前，精神上的坚强和无动于衷是我们抵抗罪恶和人生意外的最好武器。"韶华易逝，光阴不复，生命总在衰老中结束一个人的一生，然而，不论今天的境遇如何，都要对自己有信心，相信今天永远比明天富有活力，只有这样才能摒弃昨天的悲伤，去成就明天的辉煌，不然总在今天的悲哀里无法自拔，终究会在意志消沉里迷失了自己，惨淡了这一生的光阴。

随悟

知行合一，才能实践出真知

凡事有三个层面：知道，明白，运用！知道是信息层面，明白是意识层面，而应用却是现实层面！简单地说就是知道是假的，明白是靠悟的，应用并做到才是真的！

毛泽东在《实践论》中提到："感觉到了的东西，我们不能立刻理解它，只有理解了的东西才更深刻地感觉它。"这就是所谓的理解掌握并运用的关系，就如学一门技术，你只有深入地去钻研这门技术所涉及到的知识，所涵盖的应用范围，牵扯到的社会关联，才能真正掌握这门技术的要领，发挥它本质的作用、应用与实践之道。相反，如果你只知道浅显的大概，而不去领会它所代表的领域，那么你就会仅仅停留在书面的层次，不能应用与实践，对自己半点用处也无。

随悟

处世唯中庸之道

四句话常提醒：再难也要坚持，再好也要淡泊，再差也要自信，再多也要节省。

早年生意刚起步的时候，有顺利也有不顺的时候。家里的长辈让我求教于本家一位成功的长者。那位传言之中"生意做很大"的长者，除了一身老布衣裳干净整洁，看上去和田间的老农一样。我用了一下午的时间，和这位老人探讨了一些生意和做人的道理。印象最深的就是："再难也要坚持，再好也要淡泊，再差也要自信，再多也要节省。"这位长者是这么说的，其实也是这么做的。人这一辈子不会一直顺顺利利，遇到困难时，坚持走过去，便能看到风雨过后的彩虹。成功的时候要淡然一些，骄兵必败，沉下心才能迎接新的成功。不要觉得自己很差劲，有信心比别人做更好就行。由俭入奢易，由奢入俭难，节俭持家是传统美德，也是长久之道。

随悟

心态好，身体好，一切都好

人生两件宝：心态好，身体好！心态好什么事情来了受得了，身体好什么事情到手干得了！

卡耐基的座右铭是这么说的："你有信仰就年轻，疑惑就年老；有自信就年轻，畏惧就年老；有希望就年轻，绝望就年老。"好的心态是行动的主要推动力，只要抱着不急不躁的态度去进行，不论多少困难或需要多少努力都可以达到目标，就如美国总统之一的林肯，生下来就一贫如洗的他，面对八次竞选八次落败、两次经商两次失败的挫败，他没有放弃过，他认为自己只不过是滑了一跤，不是死了爬不起来了，他还有生存的能力，于是通过自己的努力成为了一名伟大的总统。如果没有一个坚持的心态，那么他也只是一个次次失败而告终的平平常常的人了。

随悟

顺势就是最好的借势

顺风而呼，因势而动！趋势是个好东西，一旦形成就很难改变，在大浪潮大趋势迎面扑来的时候，你唯一要做的就是看清趋势，顺势而为，张开双臂去拥抱它！

孔子周游列国时，路过一个瀑布，他见一老者顺着瀑布走了下去，不一会儿，在百米开外，老者又从漩涡里冒了出来。孔子甚感惊奇，问老者："你是用什么力量驾驭漩涡的？"老者回答说："我哪有那么大的力量去驾驭漩涡，我只是让漩涡驾驭着我，顺势而为，让自己顺着漩涡进去，再顺着漩涡出来。"凡事都不要觉得自己可以轻易驾驭和掌控；有时候一意孤行只会带来惨痛的教训和后果，唯有顺应势态的变化而行，懂得顺其自然的道理，才能取得成功。

随悟

谋事在人，成事在天

因上努力，果上随缘。就是说，在我们可以把握的部分尽力而为，至于最终结果如何，就顺其自然而不是一味强求。

人生的底线如果设得太高，即使拼尽全力，最终也只是强求罢了，达不到自己期望的结果。而把底线设得低一些，那么只要付出努力，就能达到想要的收获。有个寓言讲，寺庙里有位高僧，武艺高强，平常以挑水的方式锻炼自己的功夫。高僧挑的也从不是全满的一桶水，水桶里有一条只有高僧知道的线，那就是他的底线。这条线只在心中，只有他自己清楚。高僧一次担多少水，都不会超出这条线。高僧说，不要去强求做自己做不到的事情，那样最终只会是功亏一篑。

随悟

感恩的心离财富最近

感谢天地的恩赐，感谢父母的养育，感谢老师的教诲，感谢领导的栽培，感谢客户的信任，感谢同事的护念！感恩生命中遇到的每一个人，感恩有你，世界精彩！

"鸦有反哺之义，羊有跪乳之恩。"说的是要感恩父母养育，他们养儿女小，儿女赡养他们老，这是人道。"鞠躬尽瘁死而后已"，说的知遇之恩，要竭尽所能报效明主的栽培，这是人义。"滴水之恩当涌泉相报"，说的感激之恩，是一个人的操守，也是一个人的品行。只有懂得感恩的人，才能把人生的道路走得豁达，才能收获成功，才能收获生命的精彩。而狭隘自私的人，终归会在孤独中终老，郁郁寡欢。

随悟

善有善报，恶有恶报

春天到了，劝君莫食三月鲫，万千鱼仔在腹中。劝君莫打三春鸟，子在巢中待母归。劝君莫食三春蛙，百千生命在腹中。爱向苍天，善行人间。

不论是《史记》里"仁者爱万物，而智者备祸于未形，不仁不智，何以为国？"的仁君之论，还是曾子"人而好善，福虽未至，祸其远矣。"的良善劝诫，不论是雨果的那句"善良的心就是太阳"还是卢梭说的"善良的行为使人的灵魂变得高尚。"古今中外，传承千年里都申明着善良的意义，都传颂着善良之举带来的福祉。一个具备善良德行的人，必然会拥有美好的人生；而那些穷凶极恶，心胸狭隘的人，必然会为他的恶行付出代价，会因他的残忍和冷漠受到惩罚。

随悟

实实在在才是真

稻穗饱满，自然下垂。人品愈好，行为低调。用正言代替抱怨，用赞美代替责备。心若清静，世界安好！

晚上回家的时候路过一家幼儿园，恰逢放学时间，有一个妈妈接两个可爱的双胞胎儿子回家。其中一个显然比较活泼，一路上跟妈妈炫耀自己在幼儿园里学到的儿歌、古诗和听到的故事。只是小孩子难免听不全，讲了一半就磕磕巴巴再接不上。倒是另一个孩子让人刮目相看，在小兄弟想不起来的时候，很自然地就把儿歌唱下去、把古诗背下去、把故事讲下去。孩子还小，看不出将来的成就如何。但个人更看好那个性子更稳妥一些的。所谓"一瓶不满，半瓶晃荡"，做人做事，最忌讳的，大概就是这一点了。有所成就的人大多比较谦虚，因为他们无需通过张扬来表现自己，别人的评价和肯定，就是最好的装饰。

随悟

付出则一切皆有可能

事，变成故事，只是时间的问题；人，变成人物，只是坚持的问题；爷，变成财神爷，只是布施的问题！祝你广结善缘，乐做财神！

爱因斯坦说："在所有的世界著名人物当中，玛丽·居里是唯一没有被盛名宠坏的人。"她实事求是，知道自己的目标，更知道自己的价值，这两个自知，她都有。她用自己的青春、一生的信念，乃至生命换来了无人能及的荣誉。她的故事让人明白，人的价值需要时间去深层次地开发。大音希声，大象无形，只有执着、进取，才能抵达智慧的高地。只有坚持和努力，才能在时间的磨砺中，取得耀眼的成绩。而如果没有坚持和努力，那就只能荒废了机遇，一辈子庸庸碌碌，无所作为。

随悟

敬人者，人恒敬之

我这人很简单。只要你把我当回事，你的事就是我的事。

　　《那条小鱼在乎》的故事，讲了一个男孩从水洼里把暴风雨后搁浅在沙滩上的小鱼，一条条扔回大海。有人对他说："这么多条鱼，你不可能都扔回去，也没人在乎。"可是看到这些离开海水就要死亡的鱼，小男孩却说："这条小鱼在乎。"这是一种善良行举的传达，从一个孩童简单的行为里，诠释一个人之本性的存在。在乎，关切，这些让人倍感温暖的词语，只有当回事儿，那么你的存在才有意义。而那些不屑一顾的人，终究不会去在乎别人的情绪，更不会去尊重别人对他的在乎。

随悟

通人性者成大器

何谓通人性？说话让人喜欢，做事让人感动，做人让人想念。

万科作为中国第一批上市公司之一，连续保持了十九年的业绩增长，而这一份成绩离不开董事长王石的沟通管理。擅长与人沟通的人，一定是擅长与人合作的人。用诚意换取别人的信任和支持，那么人们就会本心的去接受并认真地执行。而不愿意与人沟通的人，只会将自己的观点强加给别人，颐指气使。这样的人往往得不到别人的尊重，即便不得以最终去执行，也不会有什么效率，更不会有惊喜，终归难有作为。所以，多考虑别人的感受，多把别人往好处想，多给别人些赞扬，多为别人解决些困难，就能得到别人的帮助，借助众人的智慧和力量，构筑自己的成功。

随悟

敢死磕的人不会"死"

三死心态，年年必赢：1.死磕自己：直面挑战，突破自我，最高要求，身先率人；2.死磕团队：忘我支持，理清目标，信心百倍；3.死磕产品：上下一心，追求极致，体验服务，感动客户！

当别人都已停止前进时，你仍然坚持着；在别人都已失望放弃时，你仍然进行着，这是需要相当的勇气的。这份勇气就来自忍耐的精神和坚强的意志，作为一个职场中人，有着谦和愉快、礼貌诚恳的态度，再加上这份忍耐的精神，你或许就能获得成功，至少不那么轻易地失败。定下自己的目标，努力去实现，才能获得他人的尊重和钦佩。那些一受刺激就不能忍耐的人，终究不会有什么成就，就更不用说在职场中取得成就了。如果自己没能找到目标，没有毅力和抵抗挫折的能力，那么你终将一事无成。

随悟

微笑是最美丽的语言

微笑是一个人最美的铭牌，是通向世界的通行证！快乐的心态，微笑是一种特征。随时随地，笑对人生百态，如此安好！

雨果说："生活就是面对真实的微笑，就是越过障碍注视将来。"稻盛和夫说："人生的道路都是由心来描绘的。所以，无论自己处于多么严酷的境遇之中，心头都不应被悲观的思想所萦绕。"华盛顿说："一切的和谐与平衡，健康与健美，成功与幸福，都是由乐观与希望的向上心理产生与造成的。"所以，保持乐观的心态，保持微笑和从容，是一个人展示自己良好风貌、学识、才能的有效方式。这会让人从微笑的感召力中获得能量和信任，从而亲近你。相反，如果你郁郁寡欢愁眉苦脸，这只会让人看了徒增厌恶和烦扰，影响别人的心情，让人敬而远之。

随悟

小事做好，大事不难搞

> 不要瞧不起你手头上所做的每一件琐碎小事，把它们干漂亮了，
> 才能成就将来的大事。

"工作中不要担心自己的渺小，伟大的工作者都是点滴积累而铸就的。"拿破仑·希尔曾经聘用了一个助理，工作内容就是听他口述后记录信的内容。这名助理的薪水和其他从事类似工作的人差不多，但是她并没有觉得这件工作渺小，反而在工作的过程中，熟悉了拿破仑的语言风格。于是拿破仑在准备换一个秘书时，首先想到了她。并且给了她这个职位应有的薪资，而胜任秘书的助理，也从这份工作中找到了激情和成就感。她热爱这份工作，从中找到了自己的价值，后来成为了一名著名的企业高管。所以说，不要小看自己手头上的小事，如果你足够认真，也许就会发现其中蕴藏的真正价值。

随悟

人生难得糊涂

> 该睡的时候迷迷糊糊是善待生命，不该睡的时候保持清醒是善待人生。

人活一世，草木一秋。该进取的时候，当如大鹏展翅，扶摇直上九万里；该休憩的时候，当如春雨绵绵，随风入夜润物无声。而什么时候该进取，什么时候该休憩，如何把握劳逸结合的尺度，看来容易，实践中则需要很深的智慧作取舍。

"饥来则食，困来则眠。"这是修道的法门。而功夫深浅就在于"吃饭时不肯吃饭，百种须索；睡时不肯睡，千般计较。"人生便如修道，出世入世只是形式。用功修行，智慧日增，生命自会对你敞开一扇新世界的大门。

随悟

三自心态，成功可待

一个成功的人，必须具备三种能力：第一，自律。认真管理好时间，每天有效率地做最重要的事，见最重要的人。第二，自愈。大成者都是大磨难者，必须有愈合自己伤口的能力，才有机会接受更大挑战，更加卓越。第三，自燃。无论多疲惫，遇到多大的困难和挑战，只要一出现在公众面前，立马变得激情四射，光芒万丈。

头脑清楚的人，往往能将自己的人生规划得井井有条。也只有深度自律者，才能从实践的根本上，将这人生的规划、远方的目标、未来的愿景，沿着安排好的路，高效地执行起来。夜里想了路千条，不如第二日迈腿踏实走出的步子。从现实世界消灭了幻想、拖延、犹豫这些迷雾一般的敌人，才能有积极心态的晴空。谁的一生都不会一帆风顺，都会有个三灾八难。能在受伤后自愈、重获新生的人才可以说，他已经掌握了笑对命运的金钥匙。能调整好状态，随时随地走入新的角色，不被浮尘俗世干扰，像一颗随时可以迸发能量的小太阳，才能说是有了积极心态的光芒。

随悟

叁月

莺时，
盎然春意，
暖风携香沁人心脾。

态度决定一切

企业中八类精神乞丐：1.领导不和我沟通，我就不沟通；2.领导不认可我，我就不好好干；3.领导不鼓励我，我就不好好干；4.我不开心，是因为领导不会哄我；5.完不成任务，总是拿一堆客观理由来应付；6.做错事，希望大家不要小题大做；7.不懂业务和技术，抱怨公司没有培训；8.不上进，抱怨公司氛围不好。

同一批入职的新员工，往往在两三年后，就有了不小的落差。只是能力问题吗？企业之中的竞争固然看重能力，但其实掐尖去尾，多数普通人之间的能力差别，并没有我们想象之中的那么大。所以更多的是态度问题，而非能力问题。同样两个人，有人知道进取，有人得过且过，自然会有不同的表现。一时半会儿看不出差别，但时间久了，两人之间的差距就会被放大。所以，一两年后，有的人离开了，有的人在混日子，有的人却已腾飞，有的人甚至已经身居高位。在羡慕别人在高处的风光之时，不妨先反省下自己有没有摆正态度？

随悟

有苦有乐，才是人生

弟子：“怎样才够资格参禅？”师曰：“不愿做的事，要忍耐去做；受不了的苦，要忍耐去受。受苦是了苦，享福是消福。”

佛说："众生皆苦。"一个人降生到这个世界上，就是来吃苦的。人世间有太多的烦忧，随着人一天天长大，这些烦忧也一天天增多。生、老、病、死，爱别离，怨憎会，求不得，五阴炽盛……我们本能地逃避这些苦，向往生命中珍惜的甜，哪怕心底明明白白地知道，逃得了一时，逃不了一世。这样的人，是俗世的人，是我们，是这世间的芸芸众生。

但总有大智慧者，会选择主动面对人生中的苦楚，他们明白，所有吃过的苦，都会成为人生中最宝贵的财富——没有白吃的苦。如果说人世间走这一趟，是一场修行；那么这些人，就是真正的入门者。参禅？悟道？那都是表象。对他们来说，形式不重要，地点不重要，时间不重要，活着的每分每秒，都有所得，有所领悟。

随悟

身体是革命的本钱

> 保证自己的健康，才是改变世界的前提！健康是一条单行线。工作，干得不好还可以回头再干，但健康一旦损害到一定程度，就没法挽回。

健康是一种稀缺的不可再生资源，我们在拥有时往往不知道珍惜，等到了失去的时候才追悔莫及。很多人以为自己可以挥霍健康，但你若不珍惜，健康就会离你而去。

健康的体魄，是一切的基础。我们并不否认，身残志坚者也能取得不逊于正常人的成就，但如果这些优秀的灵魂有一具健康的躯壳，也许他们能够取得更高的成就。而对于普通人来说，健康就是我们拥有的最为宝贵的财富。

随悟

新的一天从微笑开始

微笑不用成本，但能创造财富；赞美不用花钱，但能产生力量；激励不用投资，但能聚集能量；分享不用费用，但能倍增快乐！别让世界改变了你的笑容，让你的笑容去改变这世界！新的一天从微笑开始！

有人做过实验，三样东西，生鸡蛋、胡萝卜、速溶咖啡，分别投入沸水中一段时间。生鸡蛋原先脆弱，蛋壳一碰即碎，最后连蛋白都变硬；胡萝卜生的时候是硬的，煮完会变软，甚至都快烂了；咖啡粉末就比较奇特了，原来是固体，最后却溶入了水中，反而改变了水。

面对生活的煎熬，是像胡萝卜变得软弱无力？还是像鸡蛋那样开始坚强？抑或像速溶咖啡，身受损而不堕其志，无论环境多么恶劣，都向四周散发出香气、用美好的感情感染周围所有的人？一个人生的强者，是有属于自己的抉择的。

随悟

百善孝为先

孝道有许多层次，满足父母衣食住行上的需要为孝身；处处随从父母的心意，称之为孝心；不跟老人发脾气，以及不激发老人的气禀性为孝性；按照老人的志向去做事叫孝志；在老人面前说话态度和蔼叫孝言；不论任何情况在老人面前都和颜悦色是孝色。孝还分为小孝和大孝，近孝和远孝。小孝孝于庭闱，大孝孝于天下。近孝孝于一时，远孝孝于万古。

孝顺自己的父母，是为人之根本。成熟的人懂得父母含辛茹苦的不易、对自己深沉内敛的爱。而对父母都没有感恩之心的人，又怎么奢望他对世间的其他人有什么真情在呢？

孝道，是知恩感恩，是思想感情是否成熟的试金石。尽孝也有不同的区分，每个人能做到的程度是不同的。从行孝的方式和方法之中，也可以看出一个人的性格秉性。在这方面，孝道又是一面通透的镜子，使人的本真无处躲藏。

从一点一滴做起，不需要大的苦修，只要从孝敬父母开始做，一定可以磨砺出优秀的自我，未来足以担当重任。

随悟

人生不能没有方向

有目标就不乱；有行动就不穷；有坚持就不败！越付出，运气会越来越好；越感恩，贵人会越来越多！

有人问为什么生活一团糟？答案很简单，你没有树立一个明确的目标。

再问，什么样的目标呢？答案也显而易见，不论什么样的目标，只要不违反基本准则，只要能坚定不移，就能改变你眼下和将来的生活，甚至助你成功。

有人问为什么自己一贫如洗？那要反问你曾经为此付出过什么，有没有立下目标然后付诸行动。不曾将目标转化为行动，那么一切都是空谈；不曾拼尽全力去争取，就不要怪罪命运不公。

有人问为什么自己总是失败？那要看你失败后是怎么做的。如果你仍在为成功奋斗的道路上，那你就还没有败，你只是暂时尚未成功而已。

随悟

有时候，答案就在等待中

什么事情都可以拖一拖，缓一缓，事缓则圆。对于一些不能当下解决的事情，就心平气和地等待吧，学会睿智处事。

拖延症和"懒癌"是现代人通往成功路上最常见的"杀手"，然而说起来，合理的"拖延"，未必没有益处。正所谓"心急吃不了热豆腐"，有些时候，有些事情，是需要经过等待才能等到开花结果的；而有些时候，时间本身，就是成功的、不可或缺的必须要素。

当你遭遇困境的时候，不要心急，或许等等，当前无法战胜的困难，会随着时间的推移、事物的变化迎刃而解。处世之道，不是只靠"撞破南墙"的拼劲和勇气，有时候，退一步，让一招，等一时，甚至吃些亏，都不算什么。成功是漫长的一条征途，别计较一城一池的得失，方向找对了，有时候绕一些路，这并不是退缩。

随悟

事缓则圆，慢即是快

在面对人事境时免不了出现障碍，抱怨解决不了问题，生气也解决不了问题，静下心来看问题的根源，一步一步解决，才能化危机为转机。

叁月

73

负面情绪对解决问题提供不了任何帮助，只会因为影响主事人的判断，使得事情变得愈糟。一个人还没能学会掌控自己的情绪，那么他就很难做大事、成大事。

人生在世，谁也不免遇上一些难题，这是一种常态。但出了问题就手忙脚乱，这样的人或许是缺乏历练，或许是水平有限的庸才。只有平时多磨砺，多留心，到了关键时候，到了困难时期，才能力挽狂澜。

任何问题都有解决之道，即便像无人能解的线团，在亚历山大大帝的决心面前，也不过是一剑劈开的事。静心找出自己的办法，没什么难题会困死一个大活人。

随悟

站得高，才能看得远

所谓门槛：能力够了只是门，能力不够就是槛。如果你的人生总是沟沟坎坎，多半是能力不足所致。

当你站得够高，在你面前的几乎都是大好河山；当你身在低谷，放眼四周，你看到的就只有一圈翻不过去的藩篱。譬如登楼，你在底楼看到的风景，和你在顶楼看到的风景，是截然不同的。前者，你只能看到周边高耸的大厦将你包围；后者，整座城市尽收眼底，胸臆之中，难免会生出豪情壮志——这便是两种迥然不同的人生。

有的人贪图安逸，觉得努力奋斗太累，不如得过且过的人生轻松惬意，所以奉行及时行乐。可生存法则是残酷的，它不与你讲这些情面。你这时选择了安逸，人生路的前方就会有无数的坎坷等着你；若你选择了风雨兼程，远方必定有风雨过后的彩虹。

随悟

而立之年是人生的分割线

三十之前睡不醒，三十以后睡不着。别在该拼搏的年纪选择了安逸！

什么是人生规划？有人想把自己未来要走的每一步都计算好，妄图以后的人生就能按图索骥。这是一种精细的规划。然而，规划得越细，计划的可行性和应变能力就越渺茫。因为未来总是在不断变化中的。任何一种可能的改变，都有可能让你的计划成为废纸；又或者你想制定一份尽善尽美能够涵盖尽可能多变量的预案，结果只能是让自己疲惫不堪——因为谁也无法算尽未来。

人生最好的规划，就是抓住眼前你所能把控的时光，拼尽全力为未来准备好一个强大的自己。人应该把自己最美好的年华拿来奋斗，前半生有了足够的智慧积蓄和知识储备，才能安享自己的后半生。反之，你会发现你的人生越来越艰难，能走的路越来越少、越来越狭窄。

随悟

以身作则，言传身教

愿身体力行，能以身作则，荆棘坎坷甘为前驱，刀山火海亦不踟蹰。所谓榜样的力量，无声的行动就是最好的命令！

《论语·子路篇》，子曰："其身正，不令而行；其身不正，虽令不从。"

所谓榜样的力量，从来不是看你说了什么，而是看你做了什么。事实胜于雄辩，一次有力的行动，抵得上一万句精心编制用于说服的话术。想要让别人发自内心地信服于你，不妨先从自身行为的自律做起。如果你的言行举止能够让别人相信你，那么，你想要的"景从"，也就完成了一半。

随悟

行动是解决一切问题的良方

行动有两种可能：一是迈向成功，二是走向失败。但不行动只有一种结果，那就是等待失败！

创业是这两年的"热词"，几乎人人都在谈论创业的事情。尤其是年轻人，比起按部就班的职业规划，他们更愿意在自己年轻的时候、有冲劲敢打敢拼的时候，创造一番属于自己的事业。不过，什么事情都是过犹不及，创业的人多了，自然良莠不齐，谁都冲上去，难免就有人做了炮灰，一下子，创业失败的案例比比皆是，坊间便有人唱衰创业的事情。我倒是觉得，年轻人如果有一份详实的创业计划书，对失败的后果有了确切的预料，对自己的能力有足够的了解，不高估也不低估，那么，不妨真的去闯一闯。尝试了未必失败，但不去尝试，也就永远无法收获成功。

随悟

不患无位，患己之无能也

位从为来：有眼界才有境界，有实力才有魅力，有思路才有出路，有作为才有地位。政从正来，智从知来，财从才来，位从为来！

纵观人类上下数千年浩瀚历史，对于成功的定义，有人求权，有人求财，有人求名，有人求位……不一而足。但不论是这些有些"庸俗"的对于成功的追求，抑或是更为"理想化"的"为中华之崛起而读书"，"为人类之进步而献身"，"悬壶济世"，"民族解放"，"平权运动"……都需要坚持不懈、持之以恒的努力。

有了行动，才有无限的可能；不曾努力，那么一切都是虚无的妄想。在这条你选择坚持的道路上，不管有多少磨难，多少坎坷，都不应该放弃——在这条路的终点，是你想要的那个未来。

位从为来，一切美好的未来都从"为"而来。而一切可怕的后果，从"不作为"开始。何去何从，如何抉择，我辈当警惕之。

随悟

所有的人只愿意为结果买单

带着目标出去，带着结果回来！成功不是因为快，而是因为有方法！想干的人永远在找方法，不想干的人永远在找理由！世界上没有走不通的路，只有想不通的人！

只要你想干，总会有办法。如果你不想干，那你总能找到放弃的理由。决心如果够强大，那么即便你暂时有这样那样的不足，没有满足成功所需的条件，但是通过一段时间的学习和磨练，你总能武装自己、强大自己。只要自身素质达到了，再去干想干的事，便会如鱼得水。

条条大路通罗马，世上的方法总比问题多，只要你潜下心来，总能找到诀窍。但如果你自己都不相信有一条通往成功的路就在你的脚下，这条路，你又怎么可能走得通呢？想成功，方法是必需的，但是正确的目标和心态更为重要。

随悟

你的站位决定了你的人生

> 天下分为三种人：先知先觉的人，使得事情发生！后知后觉的人，看着事情发生！不知不觉的人，不知道事情发生！人生定位决定你是否富有。

在这个世界上，总有人忙忙碌碌，却终究碌碌无为一事无成；总有人忙忙碌碌，却事倍功半收获与付出不成正比；总有人忙忙碌碌，然而付出的每一分汗水和辛劳，都能得到对等的回报。同样都在忙碌，为什么有的人总是在疲于应付层出不穷的麻烦，有的人却能利用好每分每秒顺势而为创造更大的价值，有的人却能够在谈笑间引领一切，仿佛棋盘外的棋手，安排好棋盘内的一切？

人生的定位，决定你的高度，也决定了你的行事方法。小卒只能一步一步前冲，车却能横冲直撞，马有无迹可寻的灵动步伐，将却拘泥在格子之内……而棋手，却可以在既定的规则之中，操纵棋局。

随悟

人世间的美好在于能量的释放

> 喷泉之所以漂亮，是因为它有了压力！瀑布之所以壮观，是因为它没有了退路！水之所以能穿石，是因为它有了目标而持之以恒！

项羽的一生大致可以分为两个阶段：在灭秦之前，他是战无不胜的天才将领，能够屡屡以劣势的兵力，战胜战功彪炳的秦国名将率领的百战余生的秦军老卒，能打出"破釜沉舟"这样的著名战役；以实际行动，践行了"楚虽三户，亡秦必楚"的预言。而在灭秦之后，自封"西楚霸王"的项羽，似乎已经满足了当下的成就，人生也再也没有了什么追求；最终被他曾经看不起的刘邦，围攻兵败于垓下。

同一个人，灭秦前后，项羽为何判若两人？横扫六合的秦国，是悬在所有人头上的利刃，是最大的压力；身后的江东子弟是楚国仅剩的精锐，折损之后便意味着退出秦末争霸的舞台，他没有退路；秦国对于项羽来说，是国恨家仇，是不死不休的敌人，是他唯一想要打败、值得打败的对手，也是他唯一的、需要坚持的目标……剥离了这些，西楚霸王，也就是末路霸王了。

随悟

经历得到验证才会有答案

成就伟大事业的智慧只能从经验的积累中才能获得。只有亲身
参与的体验才是最宝贵的财富。

在这个世界上，很多事情可以由别人代劳；但是像智慧这
种宝贵的财富，是无论如何无法经别人的口咀嚼以后，再喂给
你的。

这好像真正的至高水平的技艺，也是无法言说的。丹青妙
处不可传，轮扁斫轮如此用。传说齐桓公读书，堂下修车轮的
师傅说，砍削（木材）制作轮子，轮孔宽舒则滑脱不坚固；轮
孔紧缩则轮辐滞涩难入。只有不宽舒不紧缩，才能手心相应，
制作出质量最好的车轮。这里面有规律，但我只可意会，不可
言传，连我的儿子都无法直接传授。经验的积累，只能靠自己
一次次的实践。

随悟

能力要配得上欲望

成熟的三个标志：心态与年龄同步，欲望与能力同步，境界与阅历同步。幸福的基本法：清楚自己的能力并管好自己的欲望！

幸福从根本上说是一种平衡，你当下的能力和现在的欲望的平衡。

如果你的欲望太大，超出眼下的能力太多，那么欲望就无法被满足。幸福失衡，快乐无从谈起。只有欲望与你的能力匹配，你才能得到真正的幸福。

我们要承认，励志提升自己是获取成功的不二法门。管理自己的欲望，使之和自己的能力达成平衡，你才能获得幸福，这才是生活的真谛。所以，什么时候该激励自己奋进，什么时候该告诫自己不能膨胀，也是一种人生智慧。人这一生珍贵的东西有很多，尤以智慧不可多得。

随悟

勇敢地自我欣赏

人生总有一段路一定会比较孤单！鹰，不需鼓掌，也在翱翔；小草，没人心疼，也在成长；深山的野花，没人欣赏，也在芬芳。

在成长的旅途中，难免有些时候我们要独自前行。尤其当你想要做的事情无法得到别人的理解时，没人在旁欣赏、鼓舞，也是很正常的。

当初苏武奉命以中郎将持节出使匈奴，却被扣留。匈奴贵族多次威胁利诱，欲使其投降；后将他迁到北海边牧羊，扬言要公羊生子方可释放他回国。苏武历尽艰辛，旌节虽旧初心不忘，留居匈奴十九年持节不屈。

孤独无人问的十九年，成就了苏武赤诚的爱国之心、闻名后世的壮举。不要怕寂寞，要问问自己的初心，才不枉一路坚持。

随悟

潜心在事上磨练自己

> 你学过的每一样东西，你遭受的每一次苦难，都会在你一生中的某个时候派上用场。

讲一个关于摔跤手的故事：有个小男孩从小失去一只胳膊，但他梦想成为一名优秀的摔跤选手。一名远近闻名的教练被他的精神所打动，答应训练小男孩成为一名优秀的摔跤运动员。可是几年下来，教练只教他一个招式，以及这招式相关的路数。临近大赛，小男孩很着急，可教练却并不打算改变坚持数年的训练计划。等到小男孩意外成为冠军，教练这才吐露实情，原来破解这个招式只有一个办法，就是紧紧抓住小男孩已经失去的那个胳膊。

看起来是缺陷的苦难，都能大放异彩，更何况是学过的东西呢？

随悟

内在美才是真的美

如果一个人长得那么美那么帅气，自己却不知道，这就是气质；那么有钱那么有才华，别人却不知道，这就是修养。

忘却自己那些外在的、天生的优势，着眼于自己可以凭真正的努力获取的东西，这样的人，本身就有一种傲骨。有句话叫"腹有诗书气自华"，经过一番文化熏陶，他们的气质会愈加雍容不迫。而他们遗忘的那些外在会真的消失吗？只会锦上添花。

明知自己有这些可以为傲的资本，在人面前并不显山露水。因为他们的才华，用在了做实事上；他们的钱财，用在了有意义的事情上。好钢用在刀刃上，面对别人因不了解而鄙视的世俗目光也能淡然一笑。这样的人生，就十分练达，甚至是高山仰止了。

随悟

人生没有偶然，一切都是必然

> 我是一切的根源，今天的结果都是我自己向宇宙发愿下订单所得来的！

如果说你向世界所求的一切，命运都已经在暗中标好了价格，那么你为此而付出的努力和汗水，皆是代价。在通往成功的道路上，空想虚无缥缈，无法给你提供一丝一毫的动力；唯有脚踏实地一步一个脚印的努力，才能让你抵达终点，实现目标。

世界就像是一面镜子，你给一个笑脸，它会回以阳光灿烂。如果你哭丧着脸，那么你看这个世界，自然也有无处不在的阴郁。这个世界会记录下你奋斗中流下的每一滴汗水，而这些汗水汇聚起来，便是你成功的基石。

随悟

坚定不移地走好自己的路

如果别人朝你扔石头，就不要扔回去了，留着做你建高楼的基石吧。

赠人玫瑰，手有余香。即便是别人扔来的石头，你扔回去，也会让自己的手沾上土腥气。而这样的土腥气，就好像煞气，会将幸福远远拒于门外。

既然是石头，总有它的价值，何必斤斤计较于石头的来处，何妨让它摇身一变，变成自己建高楼的基石呢？念头通达以后，面对别人的苛责和诘难，做到"有则改之，无则加勉"，这样会让你成为更好的自己。你展现了风度和涵养，收获了钦佩和赞扬，何乐而不为呢？

有人说要念头通达很难，但若可以处事淡然，这有何难？凡事以怨报怨，给自己带来灾祸不说，自己的人生路也只能越走越狭窄。反之，你的路会越走越宽，未来也将越发美好。

随悟

为人处事之准则在中庸之道

　　做人要自信，但不能自信得过于狂妄；做人应低调，但不能低调得失去了自信。

　　真正的自信，是"穷且益坚，不坠青云之志"；是"卧薪尝胆，三千越甲可吞吴"。真正的自信，是"天生我材必有用，千金散尽还复来"，是"自信人生二百年，会当击水三千里"。

　　如果一个人以自信的名义，做着狂妄的言行；如果一个人以低调为借口，磨蚀了自信的根本，那么这便不是真正的自信。从根本上说，这样的狂妄是自大，这样的低调也是自卑。

　　真正的自信，是有自知之明，明白自己有哪些缺点，哪些优点，哪些是能力，哪些是潜力。所以，这样的人获得成功不会狂喜，没有成功也不会郁郁自弃。

随悟

宽恕别人，善待自己

伤害你的人不是比你强大就是比你弱小。如果他比你弱小，宽恕他；如果他比你强大，宽恕自己。

伤害你的人如果比你弱小，宽恕他吧。他也许只是一时无心之失，处处睚眦必报会毁了自己的修养，更会摧残原本的人际关系，也许你将来的路也会因此而举步维艰。所以为什么不得饶人处且饶人呢？给他一个台阶，给双方一片晴空。也许一次饶恕，就能带来一个奇迹。楚王断缨，方有后来将军效死大败晋军，国家因此强盛，奠定霸主地位。

伤害你的人如果比你强大，宽恕自己吧。既然一时比不过人家，何必非要耿耿于怀，让自己陷于无意义的内耗呢？要么远远躲开，能得洒脱；要么卧薪尝胆，能得胜利。但所有的一切，都要在接受现实的基础之上。

随悟

收放自如，才能快乐一生

休息是为了走更长远的路。舍得才能获得，放下才能去烦，忘记才能心宁，宽容才能得众。

消极的休息，好似见了享乐迫不及待，闹铃响起却睡起了懒觉；积极的休息，是明白自己在做什么，到点果断放下，休息足了就昂扬再战。区别就在于一个浑浑噩噩，一个心中有梦。

鱼与熊掌不可兼得，这是古训。想两把椅子都占住的人，往往会从椅子缝里掉下去，一无所得。

人的烦恼就在于承载了太多欲望，脑子里满满的都是欲得而不可得的东西，怎么能不烦恼呢？

有些东西错过了就是错过了，死死守住回忆不放，扰得自己心神难安、寝食不宁，又是何必？这对那段记忆于事无补，自己当下平静的生活也会毁于一旦。

有原则的宽容，而不是无意义的较真，会让人觉得你好相处。有时就是些琐碎小事，为什么不给彼此一个机会呢？

随悟

人生不强求，一切顺其自然

> 缘分是本书，翻得不经意会错过，读得太认真会流泪！缘分是冥冥中的安排，不可预知也不可刻意追求。

万事万物都有尺度，即便是玄妙如缘分，对待它的时候也不能失了原则。

懵懂时的我们漫不经心，看世界如万花筒，从不在意，所以一段段缘分如流水般逝去。真正成熟以后，如果你过于认真地经营每段感情，里面的辛酸苦辣往往让你猝不及防，泪流满面。

世上最让人无奈又无助的，便是一段感情的消逝。任你如何挽回，它也不会再回来。

可这也是感情的无价之处。找到那份值得用心的感情，不要那么斤斤计较，你也会得到深沉的幸福。

随悟

慈母爱子，非为报也

"世界上的一切光荣和骄傲，都来自母亲"——高尔基
祝全天下的母亲节日快乐，幸福安康！

　　老舍先生说："人，即使活到七八十岁，有母亲在，多少还可以有点孩子气。失去了慈母就像花插在瓶子里，虽然还有色有香，但却失去了根。有母亲，是幸福的。"妈妈们都有个通病，只要你说了哪样菜好吃，她们就频繁地煮那道菜，直到你厌烦地埋怨了为止。其实她这辈子，就是在拼命把你觉得好的，给你，都给你，爱得不知所措了而已。母亲的世界很小，只装满了我们。我们的世界很大，常忽略了她。她经常忘了我们已经长大，就像我们经常忘了她已经老了一样。

随悟

经历风雨，才能见彩虹

　　人生苦短，沧海桑田，走过匆匆几十年，一幕幕往事浮现眼前，旧上海的永恒、新上海的繁华、夜上海的情调，是那样的清晰永年。芳华蹉跎成岁月，宽容淡泊志高远。过多的阅历使我早生华发，过度的洞察让我明辨是非。走过了起落和坎坷，才会有淡定和从容；经历了沧桑与磨难，才会有大气和豁达。跨艰难而含笑，历万险而傲然。

　　白驹过隙，人生苦短。谁的年华都会逐渐凋谢，那怎样的一生才算有意义呢？

　　人生的意义，也许就是那个在你暮年回首时，让你欣慰满足的东西吧。

　　人生的意义，也是在你壮年奋斗时，历经艰难险阻而甘之如饴的东西。

　　有人找了很久，找不到人生的意义。

　　其实，意义并不是一个答案。

　　意义更像一块白板，你用心涂上什么，什么就是你的意义。

　　此后你的一生为之奋斗，它使你见山开山，逢沟填沟。

　　有了它，一生不惧，晚年无悔。

　　这就是有意义的人生，更是精彩的一生。

随悟

逆境的每一步都是修行

认认真真走好生活中的每一步，做好每一件事，你就能在逆境中欣赏到独具特色的风景，悟到许多在顺境中无法参透的人生哲理。

除了上天的宠儿，谁能一辈子顺遂？人生的道路再曲折，你也只能一步步地走过。顺境逆境，皆是心境。不要因为境遇而改变自己，不忘初心，方得始终。

如果生命是在虚度和沉沦中苦苦煎熬，纵有千万个希望，终究也会成为泡影，最后什么都留不下。所以，若珍惜生命，就从珍惜每一天开始；若珍爱生活，就从珍爱每一个人、每一件事开始。踏踏实实地走过你迈出的每一步，认认真真留下你走过的每一个足迹，才会活得不彷徨。这一生，方可不虚此行。

随悟

肆月

槐序，春风化雨，景色明媚使人心愉。

相信"相信"的力量

> 世界上的一切东西均是相信的产物，其他都是附属，相信是成功的起点，也是成功的终点。

多年前，有一位叫亨利的美国青年，从小在孤儿院长大，身材矮小，长相也不好，讲话又带着浓重的乡土口音，所以一直很自卑，连最普通的工作都不敢去应聘。

有一天，他站在河边徘徊，几乎没有活下去的勇气。这时，他的一位好友跑过来告诉他："一本杂志里讲，拿破仑有一个私生子流落到美国，这个私生子有一个儿子，他的全部特点跟你一样：个子很矮，讲的也是一口带法国口音的英语。"亨利半信半疑，但当他拿起那本杂志琢磨半天后，开始相信自己就是拿破仑的孙子。此后，亨利不再自卑，凭着"我是拿破仑孙子"的信念积极面对生活。三年后，他成了一家大公司的董事长。

后经查证，亨利并非拿破仑的孙子，但这已不重要了。在"我是拿破仑孙子"这个美丽的谎言中，他改变了自己的人生。

心理学把这种因接收虚假信息或刺激产生了盲目的自信或积极的态度，从而表现出异乎寻常的正面效果，称之为"亨利效应"。含而不露的期望具有无穷的教育力量，它是一种含蓄的期待，是一种信念的点燃，是一种"自我诱导"。

随悟 _____

_____

_____

胜人者有力，自胜者强

在人生的跑道上，战胜对手，只是赛场的赢家，战胜自己，才是命运的强者。每天跟自己的内心来一段对话，战胜懒惰和拖延，向着梦想前行。

战胜对手，可能凭借了运气的成分；可战胜自己，就是全凭自己的真本事了。

如果一个人战胜对手，就骄傲自满，那他很可能栽在下一个对手的脚下；如果一个人时刻自励自省，时刻以自己为对手，那么他的人生路将无比广阔。

每个人都是自己一生的朋友，但每个人也是自己一生的敌人。人的劣根性顽固难除，不是说今天打了一场漂亮的翻身仗，凡事积极主动，就代表第二天也会这样。我们每天都应高度警惕这些顽固难除的敌人，随时准备抵挡它们的进攻。只有这样，我们才能向着人生的终极梦想大步前行，而不会搁浅在半路上。

随悟

折腾才能体现价值

> 茶叶因沸水，才能释放出深蕴的清香；生命只有遭遇一次次挫折，才能留下人生的幽香。

挫折是懦夫的绊脚石，却是强者成功的基石。对于懦弱的人来说，浅浅的水沟也是万丈深渊，止步于前难以逾越；对于强者来说，万丈深渊也是浅浅沟壑，等闲就能跨越过去，没有什么能够阻挡他前进的脚步。

在挫折来临之前，我们患得患失，觉得前途莫测。可当挫折真正来临的时候，有的人会被彻底打败，失去所有的信心和勇气，跌入谷底一蹶不振；有的人，焕发出斗士一样的激情，愈挫愈勇，向命运发起挑战，用自己的反击书写出独属于自己的辉煌。

同样面对挫折，你为什么要选择投降？这不过是人生中些许坎坷，勇敢地迈过去，你会发现，所有的艰难困苦不过是过眼云烟。

随悟

春日游，陌上逐风流

山行小记：我们不约而同地来到山坡前，在山间小路间缓缓前行，一阵阵夏日的凉风，吹生了左右的树木峥嵘，吹来山下乡村里的音籁。各自用手机拍下这一刻的美妙，静看着小河的波幻，静听着远近的鸟音，一幕幕童年的情景浮现在眼前。白云在蓝天里飞行，山路已然杂草丛生，我欲把恼人的年岁，我欲把恼人的世事，托付给无涯的空灵——消泯。回归我纯朴美丽的童心，像山谷里的冷泉一勺，像晓风里的白头乳鹊，岁月的流逝有时像一首歌，当你想起却已在远方！

在《论语·先进》篇《子路、曾皙、冉有、公西华侍坐》中，孔子问弟子们的志向。四位弟子先后说了自己的志向，夫子喟然叹曰："吾与点也。"他赞同的曾皙的志向是什么呢？"莫春者，春服既成，冠者五六人，童子六七人，浴乎沂，风乎舞雩，咏而归。"

人这一生，多少负赘，多少计算。如果能有闲暇，不妨纵情自然，回归童心。很多人年少的时候也曾保有天真，可岁月渐长就被世俗蒙蔽，锱铢必较，工于心计，再也不复童真。所以这种返璞归真的境界，是只有看淡风景的赤子才葆有的本心。

随悟

可自控者，方能控制世界

看一个人今后的发展如何，就看他对欲望的自控能力。如果你可以控制你的饮食、睡眠、懒惰和抱怨，这本身就是一种强大。凡是你想控制的，其实都控制了你。愿岁月锤炼你以丰满的灵魂和清瘦的欲望。

控制住你的欲望，相当于把握住了自己。一个对自己的欲望没有免疫力的人，他的将来堪忧。越是优秀的人越应该把握好这一点，因为飞得越高，摔得更惨。

只有把握住自我，在这物欲横流的社会中，才能有一张自己自由掌控的底牌。当你对自己的欲望有了足够的控制力以后，好像是慎独般的自律，你成功的希望也会更大，你的机会也会更多。

所以，不论是成功之前，还是成功之后，控制欲望的自我修养，都会使你赢得更多的人生筹码。前者，会让你的成功更为顺遂；后者，会让你不断攀登更高的山峰。

随悟

认真对待每一件事

做成大事的人，往往做小事也认真，而做小事不认真的人，往往也做不成大事。因为认真本身就是一种素质，一个人要有所作为，就必须具备这种素质。

"认真是成功的秘诀，粗心是失败的伴侣。"中国生物学泰斗童第周如此说道。

为什么古今中外，所有成功人士都在强调认真？那是因为，"认真"二字，的确是成功的不二法门。

试想，一个对待事情马虎、草率的人，怎么会做好？事情做不好，怎么可能一步步接近成功呢？

想做大事，认真是基础、是前提。没有"认真"两个字，别说大事，小事你也做不到。

随悟

成功需要大声喊出来

很多人不敢说出他们想要什么，所以得不到他们想要的东西。
阻止梦想实现的，是害怕失败！

谁都是第一次活在这个世界上，有梦想为什么不敢去闯？
如果是因为害怕失败，那就更没有必要了。成败只是一个结果，
并不能评价你的得失。即便是失败，你在失败之中积累的经验
同样是宝贵的。而且，只要你在失败之后继续追寻，在挫折面
前不服输，勇敢站起来追梦，那么所谓的失败与挫折就只是个
小插曲，只是代表你暂时还没有成功，并不意味着最终的失败。

如果人这一辈子被自己打败了，因为畏惧而裹足不前，那
么当你垂垂老矣，没有任何可以追梦的能力之时，你会不会后
悔得无以复加呢？

随悟

天下没有白受的苦

要相信这个世界运气是守恒的，你现在所受的苦最终会变成你喜欢的甜，你就权当是处在一个长假，好好休息，等到时来运转，人生才刚刚开始。

福兮祸所伏，祸兮福所倚。本来人这一辈子就没有一帆风顺的，也没有谁一辈子都要面对风浪，面对坎坷和挫折。在失败来临的时候，你要仍然坚持梦想；在成功降临的时候，你也不要被兴奋冲昏了头脑。坚定地做好眼下的事，不忘记心中的梦，走好未来的每一步。但且耕耘，不问收获。这样一种平淡处之的心态，不仅是成败观，也是生活的态度。运气守恒，否极泰来。关键看人在失败之后如何处置。如果不急不躁，仍旧付诸努力，成功就会来得迅速；如果失去了所有的自信，那么失败就会是一场醒不来的噩梦。

随悟

突破桎梏，方能破茧成蝶

想成为更好的自己，就去突破更多的个人信念，见识更大的世界，认识更多奇妙的人，汲取更广泛的知识。你不需要别人过多的称赞，因为你自己知道自己有多好。内心的强大永远胜过外表的浮华。

人生如果是一段旅程，我们不必在意这段旅途的长度，而要努力拓展它的宽度。要成为更好的自己，就要不断充实自己，磨砺自己。只有自己的高度足够了，人生才能演绎更辽阔的广度，才有可能见识到更大的世界，认识更多有意思的人。当你对自己的进步了然于胸，当你乐于享受自己努力带来的点滴，你就不会被俗世的毁誉所迷惑，不会因流言蜚语而着恼，不会因别人的夸耀而沾沾自喜。因为你不会在意这华而不实的东西，你对自己有了一个清楚的认知，你会更注重于内心的强大，而不是外在的浮华。

随悟

好习惯成就更优秀的自己

> 好习惯有四：准时，正确，恒心，迅速。缺少第一项，光阴会虚度；不具备第二项，错误百出；没有第三项，事情永远办不好；丢失第四项，遇上良机，都会白白错失。

好习惯有很多，但这四个最能让你接近成功：准时，正确，恒心，迅速。准时，让你牢牢把握住时间的价值，不会因为自己的各种借口，虚度宝贵的年华。正确，尽力着眼于正确的方法和结果，让自己有精准的判断和清醒的自省，尽可能减少错误的产生。这样才能于点滴之间逐步接近成功的康庄大道。恒心，恒心对于每个人来说，都是一种如同钻石般珍贵的品质。有了恒心，才能事事坚持到底，才最可能见到成功的曙光。而缺乏恒心，一件普通的小事都可能做不到。迅速，是行动的第一要素。如果能果断、迅速地行事，那么很多机遇就能紧紧把握在手里，反之，懒散怠慢正是贻误时机的帮凶。

随悟

你的言行决定你的为人

别人对你说的话、做的事，从来不能决定你是什么样的人；你对别人对自己说的话、做的事，才能决定你是什么样的人。

纵观历史，多少后来的俊杰英才，都曾有过被嘲笑、讽刺、被人骂得一文不值的时候。刘邦开创了煌煌数百年的汉王朝，给了这片土地上的民族一个统一的称谓，奠定了这片土地分久必合的向心力。然而，在年轻的时候，刘邦只是一个混混、痞子，当他对着秦始皇的车架喊出"大丈夫当如是也"的时候，咸阳街头的人对这个不知天高地厚的家伙，有的只是嗤笑。但谁能料到，几十年后，这个年轻人会再次回到这座城市，成为这座城市的主人，进而成为一个崭新帝国的缔造者？

别人说什么从来不重要，只要你自己不曾放弃，未来终将给你一片蔚蓝的天地。被嘲笑的梦想，总有一天会闪闪发光。

随悟

有时沉默也是一种表达

成熟，不是学会表达，而是学会咽下，当你一点一点学会克制住自己，就能逐步驾驭好人生。

成熟的人，不会急着向世界证明什么，他会用踏踏实实的行动来表达自己。

只有浮躁的人，才会"咽不下这口气"，事事与人争。须知，你用来争辩的时间多了，你拿来用功的时间就少了；你在争辩中失去了平和的心态，你在用功时心思就难免无法专注。

在行动中沉着地磨练自我，对待世人的冷嘲热讽或者不解和嘲笑，不去辩驳太多。因为世界上人这么多，总有人听不到你的辩解。只有学会克制躁动的自己，学会在行动中让自己的灵魂踏实起来，才能驾驭好自己，驾驭好人生，进而一步步接近成功。

随悟

不达目的不罢休

成功者方向不变方法常变，不成功者方法不变方向常变。走老路永远去不了新的地方！

通往成功的路不止一条，懂得变通的人，会向着既定的目标不断前进，但并不在意途中变换要走的路。在遭遇困境的时候，迎难而上是一种解决方式，但绕路而行也不失为一种解题思路。逢山开路遇水搭桥固然能给人一种一往无前的感觉，但消耗的时间、精力和各种物料，也不是一般人能够承担得起的。与之相反，找另外的路曲径通幽，同样可以越过山丘，看到山那边的风景。纯粹以结果而论，又何必非要分出高下？

当然，这一切的前提，是你不曾因为遭遇困境，换过路径，而改变自己的初心，变换自己的目标。

而另一种常见的失败者，他们只是走在一条路上，就会因为路边的风光，和自己多变的想法，而不断改变自己的目标。这样的人，纵然给了他一条通往成功的大道坦途，也很难获得成功——因为这样的人，连自己真正想要的是什么，都给不了一个明确的答案。

随悟

少说话，多做事

上等人不动声色干成事，中等人忙忙碌碌不成事，下等人大轰大嗡干出事。

当年从教带班的时候，相对于学生的成绩，我更看重孩子们的处事和行事。成绩只能决定孩子们人生第一阶段的成就，但漫长的一生，最终要看的，还是做人做事的本事。

在做事情上，孩子们大致可以分为三类，能成事的这一批，多数会选择默默把事情做好，再来邀功，或者等我发现，给予夸奖；另一类学生恰恰相反，明明最终什么也没干成，偏偏在做事的时候就搞出不小的动静，结果反而让人大失所望；还有一类学生呢，他们知道自己未必能够做好事情，但一定会让自己显得忙忙碌碌，态度上你抓不出什么错处，但这种做法更像是敷衍，而敷衍我，也是敷衍他们自己。

当年那些默默把事情干好的，现在往往有了属于自己的事业，即便是仍然在职场上打拼的，也多跻身成功者的行列；第二类咋咋呼呼的学生，多数困顿于生活，一生难说顺遂；第三类态度好能力一般的呢？庸人之姿，庸碌一生罢了。

随悟

做人让人心服，做事让人口服

成功根本没有秘诀，如果有的话，就只有两个词：谦虚、坚持。

世上通往成功的道路千千万万，很难归纳出一条放之四海而皆准的通用法则。不过，有一些品质确实可以让你更容易获得成功，而在这些优秀品质之中，谦虚和坚持无疑是最重要的。如果选择谦虚做事、低调做人，这样的人，成功的几率反而会更大，而一个能坚持到最后的人，才是最可能看到成功的曙光的。

服务行业，最高的标准，就是让客户心服口服。这样的服务，才是真正做到客户心坎上的，做到骨子里去的。如果每次都能以这个标准为激励，那么更多的客户会源源不断地涌过来，只因这儿有最上乘的服务。公司因此才会财源滚滚。

随悟

唯尽己可以服人

让人心服口服，上也；心服口不服，次也；心不服口服，更次也；心不服口也不服，最次也。

有个老朋友跟我说过，说服力是一种很重要的能力。这个信息大爆炸的年代，人人都能通过互联网，便捷地得到各种各样的信息，也难免受到各种各样的诱惑。简单来说，人心散了，队伍不好带了。现在的人，不是一个口号就能鼓动，画一张饼就能满足的。想要带好团队，最简单的，就是实实在在看得见的利益摆出来；不然，就很考验你的说服能力了。最好的说服结果，就是对方心服口服、心悦诚服；不然，心服口服择其一，也是等而下之的结果；最怕的是心口皆不服，这样，团队就真的不好带了。

随悟

做个善忘的人吧

善忘是一件好事。善良的人不记得对别人好过，也不记得别人对自己坏过。

前些日子见了行业内的一位前辈，作为地产行业的第一代先行者，老人家最得意的却是自己退休后的慈善事业。他不是声名远扬的慈善家，但帮过的人、捐过的款、做过的善事却数不胜数，只不过相对于些许声名，老人家更喜欢实实在在做些好事，很多时候，捐款、做事都不留名。我觉得，这便是真正的善良。但老人家摆摆手说，自己这一辈子最得意的，不是忘了自己对别人的好，而是忘了别人对自己的伤害。作为行业先行者，从老人家公司里走出去的业内巨头和高管数不胜数，少不了有些人带着公司的资源跑路。老人家却从不以为忤，所以，过些年回过头来，反而仍然能成为谈笑风生的朋友。老人家在业内的好口碑与偌大名望，便也是这么来的。君子成人之美，老先生当得上"古君子之风"啊！

要做就要做到位

"说了不等于做了，做了不等于做对了，做对了不等于做到位了，今天做到位了不等于永远做到位了！"

——张瑞敏

做一件事情，从无到有，到最后成功，不是喊几句口号就可以的。作为一个实干家，你要清楚明白一件事情要怎样才能做成。嘴上说要做，不是真的做；下手做了，不一定做得对；做对了，也有可能没做到位；今天做到位了，并不意味着永远都能做到位。

做一件事，可能是一阵子的事；可做事的态度方法，是一辈子的事。要把永远做到位作为做事的最高准则，坚定不移地贯彻下去，无论做什么样的事情，都要将其奉为圭臬。这样，你离成功才会越来越近。

随悟

虚怀若谷，兼听则明

心中装满着自己的看法与想法的人，永远听不见别人的心声。

人过于自我，眼里就只剩下自己，再容不下他人。

然而，人类是靠着分工协作才立于众生之巅的物种。强大的狮子在成群的鬣狗面前也会低头，何况对于多数人来说，我们从不是这个世界的天选之子呢？小小一滴水，只有融入大海里才能不被蒸发。尤其在当代这种各行各业飞速发展，领域划分越来越细的时候，欲成就一番事业，更需要团队协作配合。

不只是事业上，与人相处、人脉经营、情感交流方面，心里眼里只有自己的人，也没法得到大家的认同。如果只是活在自己的天地，放纵自己的喜怒哀乐，别人怎么会对你一诉衷肠，你又怎么能拥抱这个世界呢？

只有脱离自己的小世界，大方敞开怀抱，向外面的世界看一眼，你才能拥有一个不一样的未来。

随悟

有所为必有所作为

人定胜天天必助：人定，指人谋，指人力能够战胜自然。事在
人为必可为：指事情要靠人去做的。在一定的条件下，事情能否做
成要看人的主观努力如何。

人的主观努力，并不能完全决定事情的走向及结果的成
败。但是如果不作主观努力，事情的走向基本是没有任何转
机的。

也许你做了十二分的努力，事情最后还是失败了。那么你
仍然被人尊敬。如果你不作一点努力，事情竟然成功了，除了
人们对你和你的运气嗤之以鼻以外，你守株待兔的习惯终将会
使你吃更大的亏。

相信努力不会白费，即使这件事情上没有得到有效的助
益，那么早晚在其他事情上会有给力的效用。所以我们要担忧
的，不是这一次的成败，而是自己有没有努力过，有没有尽心
而为。

总体来看，大道不远人，笑到最后的，是在成功路上永不
放弃的人，他们用实际行动改写了人生。

随悟

无限风光在险峰

　　成功的路，不怕万人阻挡，只怕自己投降；成长的帆，不怕狂风巨浪，只怕自己没胆量！有路，就大胆去走；有梦，就大胆飞翔。大胆，就是我们的信仰，不敢做，不去闯，梦想，永远是梦里空想，要知道，逆风的方向，更适合飞翔。每一个险恶的浪，都会有浪花绽放，边冲浪边欣赏，才是人生奋斗的方向！

　　为什么说人定胜天？因为从文明的火光被点燃的那一刻起，人类就走在一条逆天而行的路上。我们不再向自然祈求食物，培育了水稻和小麦，驯服了种种牲畜；我们企图改变自然，用钢筋水泥的城市替代原野的自然风光；我们挣脱了地心引力，飞上了天空，离开了地球……是的，人类尚且没有完全战胜天灾，在这条对抗自然的道路上，我们也并不总是能获得成功，但至少，从千百年看，我们一直走在一条通往胜利的道路上。

　　那么，身为这个伟大族群的一员，你又怎么能轻易承认自己的失败呢？所有的失败，只要不曾放弃，那就是暂时还未成功罢了。如果在这一个路口你不曾邂逅成功，那么，去下一个路口吧，总有一天，你会获得属于自己的成功。

随悟

耐得住寂寞，守得住繁华

人生中最艰难的两场考验：1.等待时机到来的耐心；2.面对一切际遇的勇气。

只要自己不投降，成功的路上，达到终点是早晚的事情。因为这件事情失败了，还有其他更多的机会，只要信念坚定，及时总结经验教训，找到合适的方式方法，终有一天，成功将会触手可及。

面对成功，我们要鼓足勇气去争取，因为如果没有足够的耐心去争取成功，就只有用更多的时间来面对失败了。人生只有一次，短短百年，为什么不敢大胆追求成功与幸福呢？

逆风的方向，适合飞翔；险恶的浪里，才有绽放精彩的浪花。奋斗的一生，是卓越的一生；奋斗的状态，是幸福的状态。

随悟

向死而生，虽死犹荣

有人曾经问："女排精神是什么？"郎平说："女排精神不是赢得冠军，而是有时候知道不会赢，也竭尽全力。是你一路虽走得摇摇晃晃，但站起来抖抖身上的尘土，依旧眼中坚定。"女排精神激荡人心！

渴望成功的人啊，你当有等待时机到来的耐心，就好比伏击猎物时的蹲守，凄风冷雨，饥肠辘辘，却不能轻易挪动。只能静静守在一个位置，耐心等待猎物到来。这是生命中最严峻的考验。忍下了，守住了，就有捕食的机会；没忍住，放弃了，死亡将如影随形。你当有面对一切的勇气，未来不可测，谁也不知道，意外和明天哪个会更先造访。但人生中遭遇的所有困境，都是狭路相逢，你除了迎难而上，并没有第二个正确的选择。你该相信自己有战胜一切的勇气，因为你没有退路。如果困难不能将你击倒，你将在经历困境之后，变得更加强大。

随悟

见人说话，见神打卦

和不同的人说不同的话，表现出不同的态度，是一种非常可贵的能力，而不是虚伪。

女排精神就是拼搏精神。拼搏不一定就会胜利，但是不拼搏却一定会失败。选择拼搏的人就算这次没有胜利，只要继续顽强拼搏下去，胜利终有一天会青睐于你。这是生而为人，对无情自然法则的抗争。我们有血有肉，我们也会感到疼痛。但是，我们面对厄运，从不妥协，即便遭遇失败，也不会认输。因为我们是人，所以只会拼搏，不会投降。这是我们赋予生命最高的礼赞。即便一路摇摇晃晃，即便一路尽是失败，但我们仍然能站起来，然后拍拍尘土，依旧坚定地走向下一场比赛。

随悟

放下包袱，轻装上阵

有一个夜晚我烧毁了所有的记忆，从此我的梦就透明了；有一个早晨我扔掉了所有的昨天，从此我的脚步就轻盈了。（泰戈尔）参透了此语，便学会了活在当下。

学会用不同的态度，和不同的人讲不同的话，是一种成熟，也是一种宝贵的能力。如果你是一名技术人员，下乡教农民种地，用一套专有名词专业术语还夹杂着英文和他交流，一辈子在田间地头跟庄稼打交道的老农，能明白吗？你跟农民讲话，就得把书上的东西，翻译成他们能听懂、能理解的话。

你在田间培育出了高产的新品种，去学术会议上演讲，还能用满嘴的俚语吗？你得把和老农讲话养成的习惯改过来，用学术语言翻译你心中原本想要表达的意思，方能登大雅之堂。

哪行哪业，无论工作学习还是生活，其实都是一样的道理：和什么人说什么话，是一种有用的能力。

随悟

一勤天下无难事

友人问港豪："穷人为什么穷？"港豪曰："1.懒；2.不动脑子。"感悟：一台好车经常不开就会生锈，人生总是越努力越幸运，即勤奋加思考即可改变命运。

玉不琢，不成器。人不学，不知道。一辆再好的车，长时间不开，也是废铁。一个多么优秀的大脑，长时间不思考，也是榆木疙瘩。只有多思考，一个人的聪明才智，才能逐渐发挥出来。穷人大多不是脑子不好、命不好，而是太懒惰，懒得工作，懒得动脑，有的甚至连乞讨都懒于伸手。这样的人，自然会受穷，自然无法改变困窘的现状，自然无法出人头地。毕竟，自然法则很残酷，优胜劣汰是天理。

所以，一个人但凡有点改变自己的想法，首先就要改变懒的习惯。从一点一滴做起，逐步摆脱魔咒，让自己走上富裕的道路。

肆
月

123

随悟

参禅了道明事实

水的清澈，并非因为它不含杂质，而是在于懂得沉淀；心的通透，不是因为没有杂念，而是在于明白取舍。

族中有位堂兄，从小就以脑子灵活著称，闻名乡里。读书的时候，门门功课都不错，虽然不算最拔尖，但也有升学的希望。后来虽然没往上读，但学手艺也是一学就会，几个师傅都称赞他青出于蓝，只是希望堂兄能定下心来，继承其中一人的衣钵。当时大家都觉得，这位堂兄会是家族之中最有出息的，唯独一位族老摇头叹气，说堂兄若心不定，一生困顿，不堪大用。

后来事情的发展果然如同这位族老预料的一样，堂兄开始做生意，却不做长久生意，什么赚钱就做什么，涉猎虽广，却没能深耕其中之一，渐渐被人甩在了后头。直到四十岁方才大彻大悟，重新捡回木匠手艺。至今二十余年的时间，经营的苏作红木家具企业，已经闻名业内，产品行销海外。取舍，是一门人生的大智慧。

随悟

求人莫若求己

多要求自己，你会更加独立；少要求别人，你会减少失望。

除非离群索居过野人的生活，否则，现代社会中的每一个人，都逃不过交际这一关。有的人崇尚独立，有的人习惯依赖，说不上谁好谁坏，但我知道，独立些的人总比习惯依赖的人，少一些失望。

没有谁是可以永远靠得住的，每个人都在改变，你不能指望所有人都停在原地等你。你该自己加快步伐，跟上别人的节奏，跟上时代的节奏。如果你够独立，你就不那么容易被伤害，你会习惯坚强，习惯面对挫折，习惯在跌倒了以后自己站起来，不哭、不闹，拍掉沾染的尘土，继续走。

人生这条路，没有谁能够陪你走到终点，你都要学会自己面对一切。没有谁能一直为你遮风挡雨，总有一天，要轮到你给别人遮风挡雨。

肆月

125

随悟

人生唯奋斗可以解忧

风留不住雨，乌云留不住阳光，就如同人生留不住最美的风景一样，我们都在和时间赛跑，希望不再蹉跎人生；我们都在和人生较量，希望老了不再后悔。每一步都是一段人生，每一段人生都是一个舞台，愿我们用智慧的大脑，演绎红尘最美的一部经典戏。

人生苦短，时光又易逝。怎样才能不蹉跎一生？怎样才能在老去的时候不留遗憾？怎样才能一生无愧于心？

奋斗是主旋律。只有奋斗的一生，才是令人振奋的，没有虚度的，有价值、有意义一生。奋斗的精神贯穿于生活的方方面面。这本身就是积极的，幸福的。而当你垂垂老矣，回首年华，你也会感到心满意足，不会悔恨。所以，面对珍贵的时光，唯有奋斗，可以解忧。

智慧是宝贵的。只有用奋斗得来智慧，你才能在生活里步步高升，你才会在最后，成为一个睿智深邃的人。

随悟

天予不取，反受其咎

宇宙中的一切都是能量，思想也是能量。善加利用即为正能量，否则就是负能量。

宇宙中一切都是一种能量。思想，看起来是最不可捉摸的能量，如果你善于利用自己的思想，用好的意念完善它，用正确的道理武装它，用好的知识强壮它，那么它就会给你带来前所未有的成功。反之，你的思想只会给你带来阴霾密布的天空，你将永远活在人间地狱里。

所以怎样利用，取决于你自己的意念。应该没有人不想获得幸福，但总有投机取巧的人自作聪明，认为用一些计谋诈术可以偷取成功。也许一时你能成功，但长久下来，必然失败，而且这种偷取的成功不会给你带来安定的幸福。

随悟

伍月

鸣蜩，
不觉聒噪，
居高声远增添热闹。

自强不息，厚德载物

"厚德载物"共计二十五德：口德、掌德、面德、信任德、方便德、礼节德、谦让德、理解德、尊重德、帮助德、诚信德、实惠德、虚心德、欣赏德、感恩德、援助德、激情德、形象德、爱心德、笑脸德、宽容德、合作德、善良德、倾听德、宽恕德。

民国时期，梁启超在清华大学任教时，曾给当时的清华学子作了《论君子》的演讲，他在演讲中希望清华学子们都能继承中华传统美德，并引用了《易经》上的"自强不息""厚德载物"等话语来激励清华学子。此后，清华人便把"自强不息，厚德载物"八个字写进了清华校规，后来又逐渐演变成为清华校训。真正的智慧总是与谦虚相连，真正的哲人必然像大海一样宽厚。浅薄的嫉恨和无知的轻蔑都是真正不尊重劳动、不尊重勤劳的表现。人们常说："播下行为的种子，你就会收割习惯；播下习惯的种子，你就会收割性格；播下性格的种子，你就会收割一定的命运。"

随悟

美好的一天从行动开始

走不出去，眼前就是你的世界；走出去，世界就在你眼前！如果不花时间去创造自己想要的生活，你将被迫花很多时间去应付你所不想要的生活！选择意味着改变，改变意味着行动！美好的一天从行动开始！

一次行动不论看起来多么幼稚可笑，不论结果是成是败，只要你果断行动，就是迈出了通向成功的第一步，这也是关键一步。万事开头难，良好的开端是成功的一半。一次坚决有力的行动，就是最好的开端。只要行动起来，行动本身自然会指引你走向正确的道路。相反，不管你躲在帷幄之中计划多少精彩的策略，不去实施，一切都是空谈，都等同于零。

你觉得行动麻烦，浪费时间，那么"不去花时间争取成功的人，就要花更多的时间应付失败"。人活着，怎样都有个结果，是成是败，时间精力都会有消耗。为什么不去争取成功呢？

伍月

随悟

人生就是一场完美的演出

社会就是一个大舞台，既然你登上了，你就是这个舞台的主角。无论你演的是什么角色，自己尽力演好就够了。不要顾及台下有无掌声，只要你有勇气在这个舞台上演完自己，你就是成功的。

我们每个人都是自己人生舞台的主角，这一场戏，要靠自己全力演下去。也许你的舞台并不大，也许在台下并没有多少观众，也许你所扮演的角色并不是那么完美，但只要有勇气站上舞台，把自己的一生淋漓尽致地演绎出来，这也是一种成功。不必歆羡他人，也许他们的舞台很热闹，可热闹的舞台也有热闹的烦恼。况且有门庭若市的一天，也许就会有门可罗雀的一天，有多少人，能承受这样的落差呢？在自己的舞台，尽情演绎自己的精彩，不必在意他人的目光，也不必在世人的易变趣味和自己的操守间两相为难。

随悟

吃得苦中苦，方为人上人

你必须很努力，才能看上去毫不费力，所以，放下你的浮躁，放下你的懒惰，放下你的三分钟热度，静下心来好好做你该做的事。

台上一分钟，台下十年功。有人看起来在台上挥洒自如毫不费力，然而在台下，他早已经付出了无数的汗水与辛勤。所以，想要人前显贵，就得人后受罪。人前光鲜亮丽的演出，需要人后无数的付出。

在孤独奋斗的旅途中，有人可能受不了无人喝彩，无人鼓掌，无人欣赏，坚持不下去，于是选择放弃。可是，通往成功之路，鲜花和掌声只等在终点。如果你在这时候放弃了，那么往后的旅程，你会更无所适从。只有静下心来，好好做该做的事。

伍
月

随悟

一往无前，成就梦想

世界上有条很长很美的路叫做梦想，还有堵很高很硬的墙叫做现实。翻越那堵墙，叫做坚持；推倒那堵墙，叫做突破。在成长的道路上，我们打破的不是现实，而是自己！

破茧成蝶是一个残忍的过程，你以为只是毛毛虫到蝴蝶的羽化，其实不然。在成蛹以后，蛹中的虫体会溶解成蛋白质、水分和各种细胞团，仅仅保留少部分主要的脏器。这些充满营养的物质，会在生命既定蓝图的规划下，重新构建属于蝴蝶的躯壳和翅膀。所以，化蛹，成蝶，其实是一个向死而生的过程。

人这一生可以很安逸，屈从于现实，过庸庸碌碌的生活，逐渐被遗忘。但也可以选择另一条完全不同的道路，披荆斩棘，撞破南墙不回头，在一个别人不曾抵达的领域，开创出属于自己的国度。但你要记得，多数的开拓者倒在了这条一往无前的路上，成为了后来者的路标，他们同样会被人无声无息地忘记，只有走到最后的人，才会被所有人铭记。

那么你会选择成为怎样的人？

随悟

忘掉过去，珍惜现在，直面未来

用最少的悔恨面对过去；用最少的浪费面对现在；用最多的梦想面对未来。

过去已成定局，即使有诸多不甘，也无法再改变了。所以悔恨就如同可以入药的毒，麻醉你缓解一时的痛，却会在不知不觉中要了你的命。

现在是你唯一能把握的，它是未来的过去，是过去的未来。如果任由现在浪费，你就会有更多悔恨。况且，只要把握好现在，你的生活才能变得精彩，才能一步步接近成功。

不怕做梦，就怕没行动。用最美好的未来，激励当下的自己，你会斗志昂扬，你的生活也将充满幸福和希望。

伍月

135

随悟

学大佬思维，走自己的路

一句话总结关于互联网的核心理论：1.雷军："专注、极致、口碑、快"；2.周鸿祎："用户至上、内容为王、免费思维"；3.牛文文："重度垂直、闭环为王"；4.李善友："产品、社群、自组织"；5.罗振宇："把知识当货卖，把货当知识卖"。

互联网带来了一场全新的产业革命，不同的人看这片蓝海，都能找到不同的、只属于自己的航向。大佬们不吝于透露自己的成功秘诀，但成功这件事儿，学我者生，似我者死。可以借鉴，触类旁通，但全盘抄袭，只会让你死无葬身之地。尤其是互联网企业，天生擅长"霸占一整条路，让别人无路可走"。

随悟

从现实到梦想需要实干

人生有两条路，一条需要用心走，叫做梦想；一条需要用脚走，叫做实现。只有脚踏实地地一路前行，才能实现心中的梦想！

既要有高远志向，又要有切实的努力过程，这是一种人生智慧。有志者事竟成，只要坚持既定目标不懈奋斗，遭遇困境不肯低头，总有一天，梦想会实现。就如联想集团创始人柳传志所说："联想为什么能做大，的确要志存高远，想到才能做到，想都不敢想怎么做。"但有了志向，还要有足够的耐力去实现，那么就需要人们集中精力，调动自身的积极性，发挥自己的潜力，为实现目标而不停地奋斗。

随悟

靠谱是一种高级的聪明

跟聪明的人聊天，与靠谱的人做事——因为这是成本最低的社交方式。靠谱，是对一个人最高的评价，也是最高级的聪明。

前些年，春节驾车返乡，高速上太堵便走了一段乡道。半路上休息，下车信步，偶遇一老农。随意聊天之中，老农讲，为人处世的最高智慧，莫过于"靠谱"两字。当时没觉得怎样，过了年回想，却觉得着实醍醐灌顶。"靠谱"两字知易行难，要用一辈子去实践，是等闲无法伪装的。靠谱的人，会给人以信赖的感觉，在需要合作的时候，会首先想到他，在遇到难题的时候，也会求助于他。

随悟

律己宽人则无怨

子曰:"躬自厚,而薄责于人,则远怨矣。"孔子说:"责备自己从严,责备他人从宽,就能远离怨恨。"

人与人相处,难免会出现纠葛,这时要有宽广的胸怀,多想自己的不足,多看别人的长处,多站在对方的角度看问题。这样既能保持愉快的心情,又能营造和谐的交际氛围。与之相反,如果对别人苛求太多,自然别人的言行举止都不能让你满意,难免你会产生负面的情绪。与此同时,别人也会受不了你,从而"回敬"以怨气,甚至会主动远离你,让你成为"孤家寡人"。

伍月

随悟

风雨过后，便是晴天

有些压力总是得自己扛过去，说出来就成了充满负能量的抱怨。寻求安慰也无济于事，还徒增了别人的烦恼。当你独自走过艰难险阻时，一定会感激当初一声不吭咬牙坚持着的自己。风雨过后，便是晴天！

越王勾践卧薪尝胆的故事代代相传，那些不畏惧失败，越挫越勇的人会获得最后的成功。古人云："古今成大事者，不惟有超世之才，亦必有坚韧不拔之志。"在生命的历程中总有很多矛盾和痛苦，如果逢人就说，见人就诉，那么终究会留下只会抱怨的印象。而选择隐忍的人，会在挫折里获取经验，在失败中寻得教训，化这份挫败为能力，积蓄力量积累经验，不屈不挠地坚持下去，这样的人终究会获得成功。所以，不要轻言放弃，相信自己会在坚毅和隐忍中走过困境，赢得曙光。

随悟

锲而不舍，金石可镂

无论你做什么，如果半途而废，只能成为朋友中的笑话，但如果你成功了，你就变成他们眼中的神话。

20世纪初，很多如今我们耳熟能详的电器已经诞生，但为这些电器提供动力，却成了不小的问题。爱迪生打算发明一款新型蓄电池，以替代铅酸蓄电池。经过反反复复的试验、比较、分析，爱迪生确认问题出在硫酸上，打算用一种碱性溶液代替酸性溶液，然后找一种金属代替铅。但，哪种碱液合适呢？3年时间里，爱迪生试用了几千种材料，做了4万多次的实验，可依然没有什么收获。

一位不怀好意的记者向他问道："请问尊敬的发明家，您花了3年时间，做了4万多次实验，有些什么收获？"

爱迪生笑了笑说："收获嘛，比较大，我已经知道有好几千种材料不能用来做蓄电池。"爱迪生的回答，博得在场的人一片喝彩声。

正是凭着这种精神，爱迪生将他的试验继续下去。数年后，镍铁蓄电池诞生，而为了纪念爱迪生的付出，这种蓄电池也理所当然地被称为"爱迪生电池"。

随悟

知难而进，无所畏惧

观《玄奘之路》纪录片深受震撼："宁可西行一步，绝不向东回首"的决绝精神，像一首诗歌一样回荡在脑海，给我力量。有了一往无前的决绝精神，则人生无事不成！

鲁迅先生说过："即使艰难，也还要做，愈艰难就愈要做。"知难而进，无所畏惧，是人们取得成功的关键。

不论环境多么恶劣，也要奋发向上，把一切困难当做是磨练自己的手段，要有一颗决绝的心，要有所敢有所为，要有胆识和魄力，要敢于担当风险，要有勇气和信心。而缩手缩脚，唯唯诺诺，畏首畏尾的人，都会因为自己的徘徊和犹豫迈不出自己的第一步，甚至还会因为困顿和害怕而走回头路，对于向往成功的人来说，这是最可怕的缺陷。

随悟

积小胜为大胜

聪明在于学习，天才在于积累。成功就来源于日复一日的积累。克己慎独，戒骄戒躁，积累成功，静待硕果。

荀子《劝学》："故不积跬步，无以至千里；不积小流，无以成江海。骐骥一跃，不能十步；驽马十驾，功在不舍。锲而舍之，朽木不折；锲而不舍，金石可镂。"所谓千里之行始于足下，事在人为，这是一个人成功的基础。

所谓的机遇只是成功的有利条件，能否成功还是要自己的努力。

梦想不是幻想，躺着妄想不如站起来行动。

设立了自己的目标，就得在每一步都清楚自己的位置，从点滴做起，慢慢积累，去适应环境本身就是奋斗的一部分，努力坚持，就会成功！

随悟

靠谱就是善始善终

一个人靠不靠谱，其实就看这三点：凡事有交代，件件有着落，事事有回音。真正成熟的人，就是事事有责任，事事有担当，事事有始有终。

常言道："人贵有自知之明。"在提高自己的同时，首先要清楚自己的境遇，还必须培养高尚的人格。巴菲特曾说："靠谱是比聪明更重要的品质。"一个靠谱的人，首先是一个讲究诚信的人，有一定的执行力和主动性，而非需要他人提点督促；其次是一个懂得未雨绸缪居安思危的人，有一定的格局和目标，而非只是应付了事，需要别人给他收拾烂摊子；第三，靠谱的人，还是一个心胸宽广，有一定的胸襟和度量，而非斤斤计较，做事唯唯诺诺的人，需要别人规劝和告诫他的行为和言语。终归，一个靠谱的人都会靠自己去实现目标并取得成功，而不需要让更多人操心费力。

随悟

过而能改善莫大焉

常人应改五个坏毛病：1.喜欢拖延：不是做不好，而是不去做，这是最大的恶习；2.轻率和疏忽：很多人就败在这一点上；3.畏缩：遇到挫折，就"打退堂鼓"，最危险；4.优柔寡断：害人害己，会使整个团队都失去信心，甚至造成混乱；5.尽信书：看书是获取经验的捷径，但应活学活用。否则尽信书，则不如无书。

公司里有一个奇怪的现象，越是接近最后期限，员工的效率就会越高，甚至积攒半个月的工作量，也能在短短一两天内完成。虽然侥幸过了最后期限，但很多人仍然会选择拖延。这在如今的年轻人之中，似乎是一个普遍现象。拖延症会毁了你的一生，而多数人却并不清楚这一点。

伍月

145

随悟

坚定不移走自己的路

> 没有方向的船，什么风都不会是顺风；没有方向的人，去哪里
> 都是逃离。盯着你想去的方向，做最重要的事。

刘墉说："你可以一辈子不登山，但你心中一定要有座山。它使你总往高处爬，它使你总有个奋斗的方向，它使你任何一刻抬起头，都能看到自己的希望。"一个人若能自信地向他梦想的方向行进，努力经营他所向往的生活，他是可以获得通常还意想不到的成功的。只要朝着一个方向努力，一切都会变得得心应手。

随悟

穿不穷，吃不穷，没有计划一生穷

1.做今天、想明天、谋后天；2.目标到周日、计划每一天、总结日清不过夜；3.一日之计在于昨夜，一日之计在下班前的一刻钟；4.生命诚可贵，珍惜每一天；5.虚度今天、迷茫明天、痛苦未来。

我们无法一下子成功，只能一步步走向成功，所谓优良的计划，就是确定每个月的配额或是清单。

把目标化为现实，虽然不能立刻实现，但可以按部就班一点一点去实践，或许这样微小的坚持，就会使自己得到更好的机会，从而更快地发展，把每一天都过得充实，还能锻炼自己承担大事的能力。不要后悔昨天，不要把今天的事情拖延到明天，当下是塑造自己最合适的时机。活在当下，能让人把握住宝贵的时间，把握住成功的机会。

伍月

147

随悟

远离负面情绪

抱怨：生气不如争气，抱怨不如改变；与其抱怨环境，不如改变心境。推脱：没有人愿意偷懒，只不过是缺乏诱人的目标。沮丧：失败是对人格的考验，沮丧是对自身能力的不自信。逃避：逃避不一定躲得过，面对不一定更难过，失去不等于不再有，转身不代表最软弱。

每个人在遇到挫折时，都会有抱怨、推脱、沮丧和逃避这四种消极的情绪，但具备成功潜质的人，可以靠着自己顽强的意志力，靠自己克服消极情绪的能力，靠自己在面对挫折时勇往直前的能力，战胜这一切。每个人的一生不可能永远都是一帆风顺的，当我们遇到挫折时，当我们遭遇失败时，只有勇敢面对自己的失败，克服自己的消极情绪，用乐观、积极向上的态度去将其打败，将其克服，才能成为一个能够控制自己情绪、改变自己命运的人。

随悟

持之以恒，成功可期

找准目标，下定决心，找一条路并坚持走下去，成功就只是早晚的事情。决心走路的人，瘸子也能行千里！

俗话说：千里之行，始于足下。成功的关键是要付诸行动，如果连走出第一步的决心都没有，就算是一个四肢健全的人又如何能获得成功呢？无论是谁，做任何事情的第一步就是要付诸行动。一个人只有坚定自己的人生目标，用自己的汗水、行动来不断努力将其实现，他才能在未来的某一天获得成功。其实，成功需要的是决心、行动和坚持，唯独不在乎你是不是一个瘸子。

随悟

早起的鸟儿有虫吃

"能控制早晨的人，方可控制人生！"——南怀瑾

早睡早起，当别人还在被窝做着梦时，你已经走在为梦想拼搏的路上。

"一年之计在于春，一日之计在于晨。"一生很短，你想要的太多，如何能不力争朝夕？评价你的一生，赛道就有一辈子这么长，你不必比所有人跑得都快，才能抢先抵达终点。有时候，不舍昼夜的勤奋，笨鸟先飞的智慧，是可以帮助你超越同行的对手的。

随悟

自律是职场第一品质

　　有几种人让人敬佩，一种可以控制自己体形的人，一种能按时睡觉的人，一种能说起就起的人，一种能说忘就能忘的人。人的第一能力是什么？是自我管控能力。一个不能有效地管控自己的人，很难心想事成。

　　在参加一次企业家访谈节目的时候，主持人问我，哪一种能力对我的成功影响最大？只能选择一种。

　　沉思良久，我选择了自控力。自控不仅仅是自律和自制，不仅仅是控制情绪，控制欲望，而是对自身每一个优缺点的掌控，对自身所拥有的资源的掌控，对人际关系的掌控。

　　成功和失败也许有无数个偶然，而自控力，是将多数偶然变为必然的一种能力，减少可能性，你才能对成功有更大的把握。

伍月

随悟

有了目标则不在乎是否顺风

如果一个人，不知道要驶向哪头，那么任何风都不是顺风！

——古罗马政治家塞涅卡

　　塞涅卡在《道德书简》中说的这句话，告诉我们人生就好比一艘在汪洋大海里行驶的船，如果连自己都没有方向，又怎么能抵达目的地？这样，也就只能在大海上孤独地漂泊，直到永远。最终，遭遇惊涛骇浪而无法规避、无法自救，终将沉没在这片无际的海洋中。我们每一个人都应该树立目标，规划人生，将这艘船航行到梦想的彼岸。

随悟

筑巢引凤凤自来

不是有了人脉才能做许多事情，而是做了很多事情才会有人脉！很多人都把顺序弄反了，一直等着贵人来帮自己成就人生。你要清楚，贵人不会去帮助一个没有梦想的人！

从前有一个小渔村。渔村的鱼获不算少，但因为隔着山，挑着担子能运出去的鱼获太少，仅仅能换些生活必需品，生活很是艰难。渔村本可以指望随着国家的发展，这里会建一条公路，但不知道要等到何时。于是，在一次祭祖过后，村里人聚在祠堂，决定自己动手，丰衣足食。他们建了一座简易的码头，合伙买了一条大些、可以跑更远的货船，把每天的鱼获，运到远方的城市售卖。

小村庄逐渐富裕了起来，一些鱼市商人发现，这座渔村的人，似乎总能打到一些高价值的珍稀鱼类。为了争抢不多的货源，有几个商人选择了直接在村庄驻场。后来，商人发现，这里的潮间带出品质上佳的贝类，水质也相当不错，码头扩建后虽然停不了大船，以游艇和游船的吃水深度却没什么问题。这座渔村于是渐渐成为了远近闻名的"海上农家乐"，不仅提供优质海鲜，风景也算不错。渔村的村民也随之富裕了起来。

伍月

153

随悟

机会只给有准备的人

> 我们不缺机会，缺的是尝试机会的勇气、坚持机会的恒心以及相信自己的信念。

朋友的儿子，决定做一件有意义的事情。同学约他一起徒步进藏，但这个男孩却有点犹豫。因为是早产儿的关系，体质有些差。所以，他并不清楚自己能不能坚持住。

我朋友如此劝解他的儿子："别担心自己能不能走完这条路，你知道路就在那里，一直走下去，总有走完的时候。"

朋友其实也没有多大信心，甚至担心孩子在进藏的路上出现意外。他请了一位医生朋友同行，亲自驾车在儿子的队伍后面跟着。仅仅应急的预案就做了厚厚的一摞，还"收买"了儿子的旅伴，随时监控儿子的身体状态。

当时好几个老朋友都问他："既然担心儿子的身体扛不住，又何必鼓励他徒步进藏呢？"

老朋友说："我担心他的身体，更担心他没有挑战的勇气。"

幸运的是，老朋友的儿子不仅顺顺利利地徒步进藏，而且在那之后，身体素质也变好起来。而他也时常觉得，徒步进藏，是他人生蜕变的开始。

随悟

成功也许就差拐个弯

不是井里没有水，而是挖的不够深；不是成功来的慢，而是放弃速度快。得到一件东西需要智慧，放弃一样东西则需要勇气！

有个美国人在自家的后院打井，本来是打算用井水浇花园的。邻居家打井 15 米就出了水，但他打到了 30 米也没出水。别人劝他放弃，偏偏他是个犟脾气，谁劝也没用，继续挖。35 米，还没出水，但他挖出了个箱子。箱子里有什么？满满一箱子的金币和银币。这是南北战争时期，此地原本的庄园主去国外避难前留下的，金银虽然贵重，却不方便携带。埋得这么深，就是怕被人无意中挖出来。埋下宝藏的这家人，一百多年都没回来取出宝藏，大概是已经不在了。于是顺理成章，一箱子金银就归了这个倔强的老头。放弃之前想想，多努力一下，你未必会成功，但也许别有所获。

随悟

要在人前显贵，就得人后受罪

做业绩的你：不想认命，就努力打拼，付出就有收获！有一种落差是，你配不上自己的野心，也辜负了所受的苦难，只因你没有坚持自己的信念。每个光彩照人的背后都有一个咬紧牙关奋斗的灵魂。

每个人的成功都不是一蹴而就的，都是在汗水、努力和泪水中获得的，你认为别人轻轻松松就能得到成功，却没有看到他们背后的泪水、汗水和辛劳。当别人在努力时，你在干什么？当别人在挥洒汗水时，你又在干什么？不要认为别人的成功都是简简单单的，其实每个人的成功都是靠坚定自己信念以及用血和泪拼搏出来的，所以，请拿出你的努力、你的汗水、你的信念来拼搏出属于自己的一片天地吧！

随悟

业精于勤，荒于嬉

　　曾国藩说为官者当有五勤，其实适合任何人："一曰身勤：险远之路，身往验之；艰苦之境，身亲尝之。二曰眼勤：遇一人，必详细察看；接一文，必反复审阅。三曰手勤：易弃之物，随手收拾；易忘之事，随笔记载。四曰口勤：待同僚，则互相规劝；待下属，则再三训导。五曰心勤：精诚所至，金石亦开；苦思所积，鬼神迹通。"

　　为人当有五勤，身勤、眼勤、手勤、口勤和心勤。我们在做任何事情时，都应该告诫自己时刻记得并践行这五勤，那么不管大事小事都能够做到事半功倍。特别是在职场上，五勤更是能够帮助我们在工作中发挥得更好。我们要时刻告诫自己做一个勤劳的人，要将五勤运用到自己的日常生活和工作中去，如果我们做到了，那么我们的生活将会变得更加美好、工作上也会更加出色。

伍月

随悟

不说是一种智慧

张嘴讲话很容易，懂得闭嘴却很难。把嘴巴管严实点，是一种禅定，也是一种修行。

总有一天，你会懂得，解释，未必有用；沉默，反而清净。

很多时候，面对一些事和人，我们选择沉默，不是因为理亏，也不是因为畏惧，而是用不着证明自己，清者自清，无需争辩，人品端正，无需多言。

看清一个人，不说，是一种智慧；看透一件事，不说，是一种修为。

面对不讲道理的人，我们不说，是为了减少矛盾；面对思想不同的人，我们不说，是为了避免冲突；面对斤斤计较的人，我们不说，是为了节省精力。

说，是一种表达；不说，是一种表态。真正的智者从来不会咄咄逼人，而是习惯了沉默，在大事面前，淡定从容；在琐事面前，置之一笑。

活在这个世上，学会说话只需一年，学会闭嘴却是一生。说话是一种本能，闭嘴是一种修行。

随悟

逝者如斯夫，不舍昼夜

时间有三种步伐：未来姗姗来迟，现在像箭一样飞逝，过去永远静止不动。时间是世界上一切成就的土壤。时间给空想者痛苦，给创造者幸福。

子在川上曰："逝者如斯夫，不舍昼夜。"对于空想者来说，时间过得飞快，他却永远等不到自己想要的未来，因为从未播种，他的未来总是空空如也；对于创造者来说，时间虽然飞快，可过去的每一秒，他都充实地度过，他期待着未来，因为他在此时种下的果，将在未来得到收获。往者不可谏，来者犹可追。其实，时间的三种状态，你能把握的，只有现在。

伍月

随悟

陆月

溽暑，
漫游莲湖，
倏尔风来炎热消除。

价值决定人生

小鸡问母鸡："可否不用下蛋，带我出去玩啊？"母鸡道："不行，我要工作！"小鸡说："可你已经下了这么多蛋了！"母鸡意味深长地对小鸡说："一天一个蛋，菜刀靠边站，一月不生蛋，高压锅里见。孩子记住，存在是因为你创造价值，淘汰是因为你失去价值。过去的价值不代表未来，所以每天都要努力。"

即便已经交出了世界华人首富的交椅，但李嘉诚及其家族庞大的金钱帝国仍然让人艳羡，而"李超人"九十年来的财富人生，更是诸多华人商界后进的榜样力量。在其成功的过程中，或许有无数闪闪发亮的宝贵品质，但财富传奇的延续，必然和他的勤勉分不开。他曾说过："在 20 岁前，事业上的成功 100% 靠双手勤劳换来；20 岁至 30 岁之间，10% 靠运气好，90% 仍是由勤劳得来。"即便已经是耄耋之年，他仍然在很多事情上都亲力亲为。人生就要不断前行，你现在所拥有的成就，仅仅代表你在过去的努力。唯有现在保持奋斗，你才能收获一个更辉煌的明天。

随悟

不怕人有错，就怕不改过

世间最可怕的不是错事，而是错心，事情错了可以改正，心错了，
还会继续做错事。当你意识到自己错了，你还是对的。

　　人非圣贤，孰能无过？没有谁能一辈子都不犯错，所以犯
错从来不是一件可怕的事情。试错本来就是获得成功的成本之
一，从过错之中获取失败的经验，是通往成功的必由之路。真
正可怕的是，很多人明知自己犯了错，却仍然因为这样那样的
原因不去更正自己的错误。反之，如果你在意识到了自己的错
误之后便改正，那么，你仍然走在一条正确的道路上。恰如《左
传》所言："过而能改，善莫大焉。"

陆
月

随悟

胜不骄，败不馁

得意时不要太狂妄，狂之则骄，骄之必败，是失意的祸根。失意时不要太悲伤，悲之则馁，馁则必衰，一蹶不振，是对生命的亵渎。

　　人生啊，得意者说它是美酒，失意者说它是苦水。人生的滋味是苦是甜，归根结底还是取决于人自己。得意不忘形，失意不失志，便是积极的人生态度。得意之时最能鉴人的定力，失意之时最可鉴人的意志。人生的失意与得意，总是相伴相连，得意过后就是失意，失意过后就是得意。得意时不要太得意，失意时不要太失意。最得意的事是得到了自己最珍贵的东西，最失意的事是失去了最珍贵的东西。让我们用平常心去过好人生的每一天：得意时淡然，失意时坦然。得意时低调一点，收敛一点，感怀一点；失意时忍耐一点，豁达一点，参透一点。

随悟

让人如沐春风是一种教养

教养的最高境界，是让人舒服，而教养最直接的体现，便是不要让人难堪。

不让人难堪，看似简单，却依然难免不小心伤害他人。一个人的教养，全在细节处。有个专栏主持人讲他第一次见李嘉诚的情景，在他之前一贯的印象里，这样的商业大鳄，必定会姗姗来迟，待众人鼓掌完毕，再来一番演讲。但真实的场景却是，李嘉诚亲自站在电梯口，与每一位来客握手，递上名片。餐桌的座次也没有刻意划分，而是抓阄决定，他自己则在每张桌子坐 15 分钟。告别时，他又逐一与大家握手，包括墙角站着的服务员。每一句话都能照顾到所有人，不让任何人被冷落，也难怪李嘉诚能获得超人一等的成功。

随悟

专注是成功者的共性

> 所有杰出人物都有一个共同的特质，那就是能够全身心地投入到自己的工作中去。

乔布斯说："专注和简单一直是我的秘诀之一。简单可能比复杂更难做到：你必须努力厘清思路，从而使其变得简单。但最终这是值得的，因为一旦你做到了，便可以创造奇迹。"

马克·吐温说："人的思想是了不起的，只要专注于某一项事业，就一定会做出使自己感到吃惊的成绩来。"

一个专注的人，往往能够把自己的时间、精力和智慧凝聚到所要干的事情上，从而最大限度地发挥积极性、主动性和创造性，努力实现自己的目标。特别是在遇到诱惑、遭受挫折的时候，他们能够不为所动、勇往直前，直到最后成功。与此相反，一个人如果心浮气躁、朝三暮四，就不可能集中自己的时间、精力和智慧，干什么事情都只能是虎头蛇尾、半途而废。缺乏专注的精神，即使立下凌云壮志，也不会有所收获，因为"欲多则心散，心散则志衰，志衰则思不达也"。

随悟

你的品格造就了你自己

> 凡是功成名就的人毫无例外地，都是不懈努力，历尽艰辛，埋头于自己的事业，才取得了巨大成功。通过艰苦卓绝的努力，在成就伟大功绩的同时，他们也造就了自己完美的人格。
>
> ——稻盛和夫

成功需要无数次的忍耐和等待，无论你是否功成名就，请相信，每个人都是一颗种子，只不过，每个人的花期不同、品种不同，有的花开始就灿烂绽放，有的花需要漫长的等待，才能开出绚烂的花。不要看着别人的怒放，而失望于自己的沉默。告诉自己，现在的你，只是尚未到自己盛开的那一季。相信自己，静待花开。纵使你的种子永远不会盛放，那也是因为，你是一棵参天大树啊！

陆月

随悟

人生无常，希望有常

人生如天气，可预料，但往往出乎意料。失望和希望都折磨人，但希望折磨人的时间更长。

明天会是怎样的一天？谁都无法给你一个确切的答案，因为未来不可测。但你在当下的所作所为，会在很大程度上决定你明天会遇到什么。你在今天暴饮暴食，明天体重秤会告诉你你又长胖了；你在今天读了一本好书，也许明天你就能在需要表现的场合，展现出自己的风采。你如何对待今天，某种程度上也决定了明天会怎么对待你。怀抱着希望等待一个未知的结果，大概是最难挨的一段时间。但何必等待呢？你可以等待明天随着时间的流逝到来，你也可以主动迎接一个你想要的未来——用奋斗的方式。

随悟

学会控制情绪

一个人什么时候智商最低？发怒时，热恋中，受人赞美时！

被情绪控制是青春，用情绪掩盖情绪是成长，学会控制情绪是成熟。

成功学之父奥里森·马登博士在其最知名的著作《一生的资本》中提到："任何时候，一个人都不应该做自己情绪的奴隶，不应该使一切行动都受制于自己的情绪，而应该反过来控制情绪。无论境况多么糟糕，你应该努力去支配你的环境，把自己从黑暗中拯救出来。"

而俞洪敏则说："我们每天生活在不同的社会和群体中间，人与人之间打交道，要控制自己的情绪。凡是控制不了自己情绪的人，都是做不了大事的。所以控制情绪不是老谋深算，也不是狡猾，是自己坚韧的体现。"

如果你渴望成功厌恶失败，那么，先从控制自己的情绪做起吧！

陆月

169

随悟

没有抵达不了的地方

任何事情，倘若心中愿意，道路总有千千条；倘若心中不愿意，理由何止万万个。

世上的路有千万条，但每一条路都是前人踏出的路。如果你想去的地方本没有路，那么你不妨做一个先行者，自己开拓一条前人没有走过的、属于你自己的道路。世界上没有抵达不了的地方，因为办法总比困难多。阻碍你抵达目标的唯一障碍，就是你在心里给自己设了限，告诉自己做不到。你可以找到千千万万个理由，但归根结底，是你对目标还不够坚定。

随悟

保持三态，人生不败

人生三态：形态、状态、心态。形态：形态好，印象就好，印象好，人缘就好；状态：状态好，激情就好，激情好，感染力就好；心态：心态好，行为就好，行为好，结果就好！保持三态，人生不败。

人这一生，不可能十全十美，总会有不如意的事出现。三态好的人，一切都不是阻碍，三态差的人，事事都是问题。过好自己的人生，形态、状态和心态这三态真的很重要，这三态都好了，你的人生就不会太差。所以，保持自己的三态，才是我们应该要做的事情。请记住，保持三态，人生不败，万事顺利，无阻无碍。

陆月

171

随悟

最难的是争气不生气

问："禅师，怎样才能控制情绪，遇事不生气呢？"禅师："深信因果，则不生迷惑，一切恩怨皆因果所致，无迷则无嗔。生气，就好像自己喝毒药而指望别人痛苦。"

人都是生活在两个世界，一个是外界物质的世界，一个是心灵精神的世界。物质的世界由不同的客观因素构成，我们无力改变，只能选择接受与适应；精神世界则不同，它完全由我们的主观意识组成，它是我们各种思维和情绪情感的结合，我们可以任意地改变它，也会被它控制。记得有人说过，每个人有两匹狼，一匹代表积极快乐，一匹代表消极忧伤，无时无刻不在撕咬对方，最终哪个胜利取决于我们喂食哪一匹。学会控制情绪，否则情绪就会腐蚀原本清新纯净的心灵世界。

随悟

激情澎湃，满腔热血

　　以每战必胜的信念，去血战市场，你将所向披靡，无往而不利，用激情与行动将红旗插遍一个又一个的山头，攻克一个又一个的难关！首战用我，用我必胜，大战用我，用我必胜！

　　要成为很厉害的人，热血，一定要热血，永远不要让你的血凉下来！或许引领全世界前进的，大多是一些运筹帷幄的智者，但打响变革第一枪的，多是些热血的莽夫。成功不是靠巨细靡遗的运筹帷幕就能算尽一切顺利拿下的。有时候，你得靠莽，靠冲动，靠不管不顾、不计得失、不问结果、不遗余力的拼劲和冲劲。人生百年，如果非得算好一切才敢迈出一步，你这一辈子又能走多远呢？倒不如跟着自己的直觉莽一波，撞破南墙也不回头，见了黄河也不死心，要知道，这个世界的成功者，好多都是些自大的偏执狂啊！

陆月

随悟

触动才能改变一个人的行为

教育的极致是行为的影响，训练的结果是行为的改变。所有不能改变行为习惯的教育和培训方式都是无用的！

刚出生的婴儿其实和野兽没有什么分别，同样只有作为动物的本能。是成长过程中潜移默化的教育，让孩子成长为人。也许每个人都有自己的天性，但后天的教育将他们塑造成了适应这个社会的样子。收敛爪牙，穿戴衣冠，如同大人的模样。这种对天性的约束，也许是痛苦的，但在成长中，我们需要打磨掉自己的棱角，才能在与人相处之中，不至于伤到彼此。成功的教育会改变一个人的行为习惯，让一个人变得更好，或更适应这个社会。

随悟

多维处世不忙乱

　　以舍为有，则不贪；以忙为乐，则不苦；以勤为富，则不贫；以忍为力，则不惧。

　　舍得是一种智慧，如果一定要失去，那么不妨对失去豁达，从失去中寻找新的获得；乐业是一种心态，人世奔忙总难免，与其因为困苦而麻木疲惫，不如从中寻找乐趣，总想着付出的，不妨看看自己收获的；勤勉是一种财富，记得你流过的汗水，不会将你辜负；忍耐是一种力量，收回的拳头打出去才更有力，沉默中，坚忍里，你可以酝酿爆发的力量。

陆月

随悟

放下你应该放下的

过河时，船是有用的，但过河后，我们就要放下船赶路，否则就会成为我们的包袱。痛苦、孤独、寂寞、灾难、眼泪，这些对人生都是有用的。它能使生命得到升华，但须臾不忘，就成了人生的包袱。很多时候，使你疲劳的不是远方的高山，而是你鞋里的一粒沙子。放下背上的包袱，倒掉鞋子里的沙子，继续赶路吧！

优柔寡断是人类的通病，我们总是会这样，放不下该放下的，却犹豫着不该犹豫的。过不去的事要过去，放不下的情要放下。翻过一页，才能书写另一页，这样，才能让人生慢慢变成一本书。事过境迁再阅读，才有往事繁花似锦，回忆温暖如初。

放下不是放弃，放下是给你的人生减负，让你不必负重前行，从而可以走得更久更远。

放下你的浮躁，放下你的懒惰，放下你的三分钟热度，放空你禁不住诱惑的大脑，放开你容易被任何事物吸引的眼睛，放淡你什么都想聊两句八卦的嘴巴，静下心来好好做你该做的事，该好好努力了！

随悟

靠天靠地不如靠自己

　　有一种人生态度叫靠自己。不要羡慕别人的收入，因为你不知道别人背后日日夜夜的艰辛努力；更不要羡慕别人时间上的自由，因为你不知道他为这份自由所付出的代价。

　　俗话说靠山山会倒，靠人人会跑。靠着自己，才是最牢靠的。现代社会很多人都有依赖症，喜欢依赖别人，不管遇到什么样的情况和遭遇，首先想到的不是靠自己的力量去解决问题，而是该找谁帮忙来解决这个问题。同时，也不要去羡慕别人，你看到了别人光鲜亮丽的一面，却没有看到他们背后流的汗水和泪水。学会尽量靠自己的力量来解决问题，靠谁都不如靠自己，让自己也成为一个令别人羡慕的人吧！

陆月

177

随悟

一切境由心造

> 凡是与你有缘的，都是你自己的心念化现。不要埋怨外境，外境并不存在，只是你内心念头和妄想的投射示现。

《六祖坛经》里有个故事：时有风吹幡动。一僧曰风动，一僧曰幡动。议论不已。惠能进曰：非风动，非幡动，仁者心动。轻易莫说随缘，随缘不是随便，没有努力到无能为力，如何能轻易说出随缘？所谓随缘，是你走了九十九步，而刚好那人向你走了一步；而非你在原地空等，等那人向你走一百步。世间的机遇不是靠等来的，惊涛骇浪里有人看见船毁人亡的危机，弄潮儿却敢乘风破浪。所谓外境，其实都是心境。你看世界的角度，决定了你看到的是一个怎样的世界。

随悟

人生是一道选择题

水之所以清澈，是因为沉淀；心之所以通透，因懂得取舍。人生其实就是一连串的选择与取舍。

人生是道选择题，你心里想着"我全都要"，可现实是，一旦你做出了选择，就不得不放弃其他选项。人的精力是有限的，多数人只能在有限的领域取得成功。你选择了一条道路，想要在这条道路上走得更远，就不能左右旁顾。羡慕旁边的坦途，懊悔自己的选择，假设如果走的是另一条路……这些无助于你在自己选择的道路上走得更远。通透的人懂得取舍之道，弱水三千，只取一瓢！

陆月

179

随悟

开口前要三思

　　一个能控制不良情绪的人，比一个能拿下一座城的人更强大。水深则流缓，语迟则人贵。我们花了两年时间学说话，却要花数十年时间学会闭嘴。可见：说，是一种能力；不说，是一种智慧。

　　别让情绪主宰了你，需知，冲动不代表行动力，莽撞更称不上是勇敢。人这一辈子，学会说话不难，但学会在开口前三思，懂得哪些话能说，哪些话不能说；哪些话该赶紧说，哪些话要迟些说；哪些话该直接说，哪些话该委婉说；哪些话要讲明白，哪些话该藏着三分……这，是一门高深的学问，是一种透彻的智慧，需要用一辈子来参悟。

随悟

拿捏有度，人生好活

人生有度：好在适度，误在失度，坏在过度！"过犹不及"，出自《论语·先进》，简言之，做事超过或不够，都是不合适的。"过犹不及"的处世之道，就在于讲究一个"度"字，它不仅渗透于人与人之间的相处，更在于个人的修养。

处世之道，在于适度。所谓适度，也就是恰到好处。什么是"恰好"？饮酒到微醺，似醉未醉，少一分不足以离世出尘，多一分则沉湎其中可恨；信步悬崖，欲坠未坠，退一步风光不如险峰之上，进一步则失足坠入万丈深渊。人与人相处，要把握好距离，远了是疏离，近了却又怕侵犯个人空间。说话保留太多，怪你不够真诚；话若说尽，又忌讳交浅言深。把握尺度，纠正态度，懂得适度，则人生无往不利。

陆月

181

随悟

忍一时风平浪静

　　你能把"忍"字功夫做到多大，你将来的事业就能成就多大。屈己者，能处众；好胜者，必遇敌。事不三思总有败，人能百忍自无忧。是非以不辩为解脱，烦恼以忍辱为智慧，办事以尽力为有功。忍耐，是一种能力，也是一种境界。万事得成于忍，与其能辩，不如能忍。忍过黑夜，天就亮了；耐过寒冬，春天就到了。

　　"忍字头上一把刀"，百忍成佛，忍耐，是一种心灵上的修行。忍一时风平浪静，退一步海阔天空。无谓的争执不如先放开手，无关底线和原则的时候，退让一步又何妨？须知，忍耐是修养不是退缩；退让是涵养不是懦弱。兵仙韩信忍得胯下之辱，方有日后萧何盛赞"国士无双"；越王勾践忍得国破家亡之恨，方有日后卧薪尝胆，"三千越甲可吞吴"；太史公受宫刑后忍辱偷生，才终有"史家之绝唱，无韵之离骚"的皇皇巨著。忍耐，是熬过黑夜见黎明，熬过凛冬见春风。

随悟

饱经风雨方成器

种子成长至大树，经过多少风吹雨打，才能枝叶茂盛，开花结果。效法大自然。苦其心志，劳其筋骨，空乏其身，增益其所不能！神圣的使命，必须经过艰难的磨炼和考验。

没有谁能随随便便成功，成功的路也从来不是坦途。不曾走过崎岖的山路，又怎能攀登最高的山峰？不曾冲破层层密布的乌云，又怎能见到风雨过后的彩虹？不是每一颗种子都能长成参天大树，在大地的深处忍受黑暗和孤独，要拼尽全力冲破一层层的泥土，要在林间的缝隙里争夺阳光雨露……宝剑锋从磨砺出，梅花香自苦寒来。成功者也是幸存者，通往成功的道路不好走，他们是坚持到最后的勇敢者。

陆月

随悟

只要功夫深，铁杵磨成针

功夫者，工夫也！欲学惊人艺，须下苦功夫，深功出巧匠，苦练出真功！

战场上弓马娴熟的将军，曾在校场上摔打过无数次；戏台上大家风范的名角，也得在台下练唱念做打的基本功；金銮殿上做得一手好文章的状元郎，背后是十年寒暑悬梁刺股。卖油翁说："无他，唯手熟尔，"这世上所有的能工巧匠，无不是天赋加上勤奋。所谓的勤奋，就是在别人不在意的细节处深究，在别人倦怠的练习中反复，在别人放弃的时候坚持，在功成名就的时候，仍不忘初心。用了心思、下了功夫、花了时间，才能练就真本事。

随悟

水无常形，人无常势

禅师说：以水为镜。一是跟水学习，如何面对不同的空间。水无论倒进什么容器，都会改变形状，永不抱怨环境的改变。二是跟镜学习，如何面对不同的世界，镜子都能如实地反映，毫无遗漏，不受自己情绪的影响。这是因为，水没有自我的执着，镜子无自我的分辨心，一切随缘，一切随事物的本性。

老子说过，上善若水。水不会在意自己拘于何地，只会改变自己适应环境。水也不会屈服于环境，无论多久，水总会用自己的方式改变环境，哪怕是从最险峻的高山之间，切出一座深邃的山谷；又或者在最坚硬的岩石之中，钻出一个溶洞。水不在意自己被染成何种颜色，是清澈或者污浊，因为当阳光普照，蒸发的水会在天上汇聚成洁白的云，终会降下干净的雨露。止水如镜，如实映出周围的人或者景，不论是临水照花人，或者感叹"逝者如斯夫"的圣贤。别忘了自己的本心，别曲解了自己的本意，别丢掉了至真的本我，你可以因为环境而改变自己的外在言行，但别因此而更易了自己的本性。

陆月

185

随悟

成功从改变开始

阻碍个人发展的七个问题：1.甘于现状，没有成就动机；2.没有找到个人的兴趣和爱好，不知道自己到底想做什么；3.不学习，无知者无畏；4.封闭自我，听不得别人的良言；5.将一切理由都归结于环境、别人等因素；6.不知如何与人沟通，人际沟通界面差；7.总是把事情拖到明天。

别封闭自己，别留在原地。这个世界日新月异，跟不上节奏的人，难免会被抛弃。你不能甘于现状，因为逆水行舟，不进则退；你不能毫无方向，心里有了方向，人生才不迷惘；你不能不思进取，不断地学习才能让你吐故纳新；你不能封闭自己，良言逆耳却能以人为鉴明得失；你不该抱怨，该多从自己身上找找原因；你当学会沟通，因为交流使人进步；你当明白"今日事今日毕"，因为明天是新的一天，新的一天里，你会有新的责任、新的使命。

随悟

凡事皆有两个面

怎么平衡快乐与悲伤？佛曰：人只有一个心脏，却有两个心房，一个住着快乐，一个住着悲伤，快乐时不要声音太大，否则吵醒旁边的悲伤！

生于忧患，死于安乐。逆境时当常怀希望，黑夜已至，黎明也就不远；凛冬风寒，下一季将是东风吹遍、万物生发。顺境时也该未雨绸缪，为可能到来的饥荒存好储备粮，而不是坐吃山空；为可能到来的战争厉兵秣马，别让武备松弛军纪涣散。人生难免有悲有喜，智者应当平衡自己的悲喜，勿让悲伤将你击倒，也别在欢笑的时候忘记提防。与其感叹乐极生悲、人生无常，不若在乐时怀忧、悲中带笑。

陆月

187

随悟

待人以诚，人反相辱

如何诠释礼貌？佛曰：对不起是一种真诚，没关系是一种风度。
如果你付出了真诚，却得不到风度，那只能说明对方的无知和粗俗！

张国荣的命书里有一句话：待人以诚，人反相辱。为他批命的，是港岛众多豪商名士信服的"铁板神算"董慕节。娱乐圈是个是非圈，一滩浑水，在里面打滚久了，想要做出淤泥而不染的白莲花有多难，可想而知。这个圈子的是非，也不是一个人洁身自好就能避开的。总有人想找你蹭热度，总有人想踩你上位，总有人拿你造谣赚眼球，而多数人并不在意这会不会伤到你。你越是好说话，人家就越是当你好欺负。可是，在神算批命和平日经历中，都验证了"待人以诚，人反相辱"八个字的张国荣，却依然选择用真诚面对这个世界，对待所有人。黎明、林夕、陈奕迅、王力宏、古巨基、古天乐、林志玲……他一手提携的人不知有多少，而时间也终究证明，待人以诚，最终会有回报。

待人以诚，人反相辱，失掉的终究是别人的风度。

随悟

等待也是一种能力

等待，是我们和时间之间的一场博弈，我们凭借着智慧和耐力，与未来做一个交换。等待的不可知性，是一份考验，一天一天，一步一步走向希望或者失望。

人的生活充满喜怒哀乐等种种感情，但这些感情只占人们生活的百分之一，其余百分之九十九，是在等待中度过的。我们可以试着放缓自己的脚步，少吃一点，吃好一点，并且学会等待。我觉得这很重要，等待花开、等待果熟、等待不同季节的不同食材，等待一道食物用繁复的手工步骤细心料理。只有让等待变成一种态度，一种心态，它才会成为生活中的信仰，成为我们作为人的新价值。

陆月

189

随悟

摘下面具生活

> 社交之所以累，是因为每个人都试图表现出自己其实并不具备的品质。

萧伯纳说："我见过的人越多，我就越喜欢狗。"很多人都有多张不同的面具，见上位者卑躬屈膝，见下位者傲慢无礼，在不同的场合改换扮相、斟酌台词，见人说人话，见鬼说鬼话。我们试图在每一个场合表现出最得体的样子，迎合彼此改变自己，假装长袖善舞，和人谈笑风生。可面具戴久了，难免会忘记自己本来的样子。以虚构的、完美的自己，表现出那些自己并不拥有的品质，难道不累吗？

随悟

不负时光不负自己

世界上最快而又最慢，最长而又最短，最平凡而又最珍贵，最容易忽视而又最令人后悔的就是时间。

保持一份平和与清醒，身居闹市而自辟宁静，固守自我而品尝喧嚣，在人生的旅程中，全然切断时间的概念，享受悠闲相拥的过程。欣赏岁月沉淀和时间的幽深，不辜负你我不期而遇的美丽时光。时间是平等的，每一个人的时间，都以同样的速度流逝；时间又是偏心的，因为只有认真对待每分每秒、认真度过每时每刻的人，才能用有限的时间，创造更大的价值。所有人都在不断失去时间，有的人用时间交换了自己想要的，有的人却自始至终一无所获。

陆月

191

随悟

柒月

兰秋，
菱花娇羞，
清溪波动娟好静秀。

坦途随奋斗而来

什么是奋斗：奋斗就是每一天很难，可一年一年却越来越容易。不奋斗就是每天都很容易，可一年一年越来越难。

有位老友家的小孙子在上小学，暑假快结束的一个礼拜天天赶作业赶到深夜。我问他："作业多吗？"小男孩委屈地回答："多！我现在每天要花 12 个小时做作业。"我不禁莞尔："每天花 12 个小时赶作业当然累，但老师不会给你布置这么多的作业吧？你看，你现在用一个礼拜的时间做一整个暑假的作业，当然苦。但要是每天都按时完成作业呢？花的时间不会超过一个半小时吧？"小孩子缺乏管理时间的能力尚且归咎于年幼，但其实很多成年人也缺乏对时间和工作的规划能力。人生啊，就是一场逆水行舟，你如今的付出将在将来结出甜美的果，你今日的懈怠也必将结出恶果。不努力当然轻松啊，可你只是将一日一日的努力，一股脑丢给了未来的自己罢了。

随悟

动生智，静生慧

静坐的奥秘：静坐不仅可以使你与天地万物融为一体，而且还隐藏着长寿的秘诀。《黄帝内经》说："静则神藏，燥则消亡。"静，是指人神气清静无杂念。现代的科学研究表明，人在入静后，大脑可以恢复到儿童时代的脑电波状态，使衰老得到逆转。

很多上了年纪的人常常劝诫年轻人火气不要太大，要静下心来，过去的医家也常常讲用心静、气静、人静等方式来修养身心，总的来说还是《黄帝内经》所说的"静则神藏，燥则消亡"。这个典故最为经典。人活着对于名利要少思少虑，要常乐观，和喜怒，无邪念妄想。气功、意守、调息、静思，这些都有利于神气的内守。而起居有序，也是静养的重要内容。《素向·上古天真论》说："精神内守，病安从来。"可见养神乃是预防疾病的重要前提，静能够修身，还能够逆转衰老，让我们一起运用静以修身的方法来养生吧！

柒月

195

随悟

失败乃成功之母

吃一堑，长一智！如果今天没有经验教训，明天你就会付出更惨痛的教训。

走路的时候摔了一跤，这没什么，爬起来，继续走就好；只是要记得，别在同一个地方跌倒两次。人生的路上也难免坎坷，难免遭遇失败，这没什么，别放弃，继续走就好；只是要记得，从失败之中获取教训，别让自己在同样的问题上，再一次遭遇失败。失败是成功之母，成功就是不断试错。我们在失败之中收集通往成功的经验，懂得"吃一堑，长一智"的人，会把每一次的失败，当做通往成功的基石。

随悟

大道至简，道法自然

　　小和尚问方丈：什么样的人是佛？方丈答：说话不急不慢；吃饭不咸不淡；遇事不怒不怨；待人不分贵贱；得失很少分辨。小和尚不信：就这么简单？那不都成佛了？方丈说：至今我尚未遇见这样的人。越简单的事情，我们越难坚持。

　　"一万小时定律"，实践起来似乎并不怎么难。按照每天八小时、每周五天的工作时间计算，要在本职工作中投入一万小时，成为这方面的专家达人，似乎也只要五年的时间而已。然而，职场中在自己的职位上蹉跎五年、十年却一事无成的人，却比比皆是。他们不知道这个道理吗？很多公司的入职培训中都会提到这条定律；是他们选择得过且过吗？其中不少人在旁人看来也算勤奋，也有奋斗，有热血沸腾的时候。关键在于，他们并没有一以贯之的坚持。因为坚持这件小事儿，太难。越是简单的事情，我们却越难以坚持。

柒月

197

随悟

种瓜得瓜，种豆得豆

"你现在的生活也许不是你想要的，但绝对是你自找的。"世界上 100% 的抱怨都可以用这句话来回答。

《这个杀手不太冷》里，有一段对白。小姑娘玛蒂尔达问杀手里昂："人生总是那么痛苦吗？还是只有小时候才这样？"里昂回答："总是如此。"人生中，不如意事常八九，能与人说无一二。大部分人的生活都是不尽如人意的，区别在于，有些人会付出努力改变现状；而有些人，只会在日复一日的抱怨之中，活成自己越来越讨厌的样子。生活是一面镜子，你怎么对它，它就怎么对你。你要记得，如果你的生活不能让你觉得满意，其实一切的根源在于，你并没有好好对待自己的生活。抱怨从来不能解决问题，行动才是解决问题改变局面的唯一手段。

随悟

人心所向，天下归一

通人性者得人心，得人心者得天下，心之所向，无所不成，心向所依，无坚不摧。

总有一些人，是让人怎么也没办法讨厌起来的。他们说话并不只是恭维，但每一句话都说得恰到好处，让人喜欢，与人有益。他们做事会做到位，能想到你不曾想到的地方，提前帮你考虑周到。他们做人，不会让人觉得高深莫测，也不搞什么故弄玄虚；甚至他们在的时候，你都感觉不到他们的好，因为在一切糟糕的事情发生之前，他们就已经处理好了。只有当他们离开的时候，你才能感觉到，他们在与不在有什么分别，然后，愈加怀念他们，怀念他们在的日子。有人觉得这样的人情商高，其实啊，这就是人性。

柒月

随悟

清醒坦诚聪明智慧

　　能看到别人的错误，是清；能看到自己的错误，是醒。能够承认自己的错误，是坦；能够改正自己的错误，是诚。能够发现自己的优点，是聪；能够发现别人的优点，是明；能够学习别人的优点，是智；能够利用别人优点，是慧！清醒坦诚是做人之必须，聪明智慧是做事之必须！

　　士兵和将军是同年入伍的同乡，百战余生后，两人互相搀扶着找了个避风的山坡，等待援军的到来。士兵感叹，同样的起点，将军成了将军，自己却还是个大头兵。将军却回答，我只是发现自己有识人之明，这是我自己的优点；老兵们大部分都善跑，这是他们的优点。战场上，跑得快的人进可击杀溃败的敌人，容易斩获功劳；退可跑赢别人，更容易生存。于是，在校场训练之余，我便努力训练自己跑步的能力，这便是学习别人的优点。有了这个长处，打了很多年仗，赢了，我就有很多斩获首级的功劳；输了，我也能保存自己，不至于战死沙场。我就这样当了伍长、什长，手下有了人。我让力气大下盘稳的人顶着大盾，让眼睛好射得准的人持弓，让身形灵活的人给倒地的敌人补刀；正是因为能利用每一个人的优点，我才能保存自己的手下，又不断斩获功劳，一路做到了将军。识己识人是聪明，能学习和利用别人的优点，那就是智慧了。

随悟

人生不要等待

人生三大不能等：孝敬父母不能等，积德行善不能等，身体健康不能等。

人这一辈子，有太多太多的东西，是经不起等待的。

挣钱不能等，别说艰难困苦玉汝于成，等待久了，你会习惯贫穷、蹉跎半生、碌碌无为；

梦想不能等，别说有梦想，什么时候开始都不晚，失去了力争朝夕的进取心，梦想总是遥不可及；

孝敬不能等，别说挣钱了再孝敬爸妈，就怕树欲静而风不止，子欲养而亲不待；

行善不能等，人生境遇最怕一时之急，人生无常，在别人需要的时候，请伸出援手；

健康不能等，因为身体垮了，人生的一切都没了。

柒月

随悟

成事不出事是一种本事

能干事不是本事，不出事不是本事。能干事、干成事、不出事
才是本事。

公司招聘了三个应届生，甲是个活泼外向的年轻人，只是
做事咋咋呼呼，经常出错。乙看上去勤勤恳恳，上班的时候一
直忙忙碌碌，还经常加班，可惜工作虽然努力，但结果却不如
人意。唯独丙，做事情四平八稳不动声色，但每每能出成果，
给人惊喜。丙这种人，是有本事的人——能做事、不出事、最
终能成事，这就是本事。现实不是温情脉脉的童话，一切唯结
果论，有苦劳没功劳，一切都是白劳。

随悟

风水无处不在

人生风水在于管住嘴，每天开口给什么？给人希望，给人智慧，给人快乐，给人自信，给人方便。人生从此开始改变！

人人都会说话，但怎么说话，什么时候该说话，见什么人说什么话，却不是谁都能想明白、做得到的。所以，这是一种能力，更是一种智慧。不会说话的人，祸从口出；会说话的人，福从话来。开口说话前，你应当想想，你说出口的话，将给人带来什么？是帮助？是警醒？是愉悦？是鼓励？会说话的人会给自己带来一个又一个的朋友；不会说话的人却会给自己带来一个又一个的敌人。会说话，能让人遇难成祥、得遇贵人，从某种程度上说，这便是最好的风水。

柒月

随悟

谨言慎行是一种修养

> 每一天都告诉自己要好好控制情绪，不抱怨，谨言慎行，慢慢地提升自己。凡事不以恶意揣度别人，不以私利给他人添堵，不妄自菲薄，也不诋毁他人，这是对自己最基本的要求。

所谓慎独，是一种修养，亦是一种境界。一个有自制力的人，应当时时刻刻控制好自己的情绪，失控的情绪会伤人伤己。无论言行都应当谨慎，没把握的话不说，没把握的事不做。但也要时刻记得提升自己，如今做不到的，将来要能做到。不要以恶意揣测别人，一则人心经不起揣测；二则预设立场再去揣度别人，难免会产生偏见，得不到正确的结论。私利和公义也要分明，因私废公的事情不能做，见利忘义的事情不可取。看清自己，也当看清他人，不可妄自菲薄，亦不能骄傲自满。

随悟

相信什么就能成为什么

有一种努力叫主动，有一种拼命叫我愿意，人的一生，最终相信什么就能成为什么。只要坚持在路上走，就没有到不了的地方！

在这个时代里，没有背景只有背影的我们，拼的不是速度，而是谁能在人生最苦的岁月可以死撑得更久，撑到成功的那一天。古话也说："只要功夫深，铁杵磨成针。"我们当今社会那么多工匠精神，都不是说说那么简单的，都是靠夜以继日下功夫而得来的，所以我们没有背景，那就要用我们自己的手艺、用我们自己的功夫来创造美好未来，不要去羡慕别人，自己有本事那才是真本事，请用自己的双手来创造惊人的技艺吧！

柒月

随悟

天生我材必有用

如果向上帝求助，说明你相信上帝的能力；如果上帝没有帮助你，说明上帝相信你的能力。

有人到庙里烧香，跪在菩萨面前磕头许愿。一转头，骇然发现菩萨自己也在一旁跪拜自己的塑像。

拜佛的真正意义是礼敬佛陀以及忆念佛陀的功德。佛陀把珍贵的佛法传给了我们，让我们也有机会解脱于生死轮回以及现实生活的"苦"。人们的迷信心态导致人们认为佛和神明一样能保佑这个，保佑那个。其实佛像泥胎木塑，求佛求的是安慰剂效应罢了。

随悟

甲之蜜糖，乙之砒霜

任何事物都具有两重性，有时候甚至没有对错。你以为错的，在别人看来或许是对的；你以为对的，不一定就是最适合的。

"横看成岭侧成峰，远近高低各不同"，如果不能纵览全局，那么，站在各自的立场看问题，不同位置的人，可能会得出截然相反的答案。谁也不能说，这些不同的答案之间，有什么高下之分、正确与否。因为所有的这些答案，都是片面正确的。

所以，你也不能随便将自己的观点或者建议，强加给别人。须知，甲之蜜糖，乙之砒霜，适合你的，不一定适合别人。曾经正确的，现在未必还有效。既然并非真理，又怎么敢认为它放之四海而皆准呢？

反过来也是一样，别人的意见要听，别人的建议却未必要信。看待一切，都该有辩证性的思维，选择性地接受，而不是全盘否定自己，然后沿着别人指给你的路走。须知，路在脚下，怎么走，你该问问自己的双腿。

柒月

随悟

一张一弛，文武之道

人的心态如同琴上的弦，太紧则易断，太松则无音，只有松紧适度，才能弹出美妙之音。保持一颗平常心，才是人生的真谛。平常心，是一种人生态度，也是一种生活智慧。

"春有百花秋有月，夏有凉风冬有雪，若无闲事挂心头，便是人间好时节。"南宋慧开禅师谈平常心："饥来食，困则眠，热取凉，寒向火。平常心即是自自然然，一无造作，了无是非取舍，只管行住坐卧，应机接物。"做人要有平常心，不以物喜，不以己悲，波澜不惊，生死不畏，利不能诱，邪不可干，不为物累，不为人忙，只求心中的一份安宁。平常心不是让生命枯萎，而是让生命之花在平和中傲然绽放。以平常心对待生活，则无处不是鸟语花香；以平常心对待人生，则人生无时不是风平浪静。以平常心看世事，则事事平常。

随悟

一家筑一国

一家仁，一国兴仁；一家让，一国兴让；一人贪戾，一国作乱。其机如此。此谓一言偾事，一人定国。

大意是：一家仁爱，一国也会兴起仁爱；一家礼让，一国也会兴起礼让；一人贪婪暴戾，一国就会犯上作乱。其联系就是这样紧密，这就叫做：一句话就会坏事，一个人就能安定国家。

《大学》开篇，"大学之道，在明明德，在亲民，在止于至善。"这便是儒家的"三纲"。格物、致知、诚意、正心、修身、齐家、治国、平天下，则是儒家的"八目"。三纲八目便是《大学》的核心，修己是治人的前提，修己的目的是为了齐家、治国、平天下——"家是最小国，国是千万家"，唯有小家和乐安康幸福美满，才有国家兴旺强盛、繁荣富强。

柒月

209

随悟

成功靠命，成熟靠智

成功靠命：一半是拼命，一半是宿命；成熟靠智：一半是理智，一半是心智。

宿命论者往往是悲观者，他们认为人生中的一切都已经注定，努力无助于改变命运。然而，成功从不是等来的，还要靠自己拼命；失败也不能归咎于命运，不曾努力到无能为力，这样的失败，又怎么能怪"命不由我"？一个人的成熟，是心智上的成熟，是明白得失，懂得取舍，是三思后虑，是谨言慎行；成熟的人可以平衡理性和情感；明白什么时候应当理智，什么时候放纵情感。心智成熟，处事理智，认定目标之后敢于拼命——这样的人，才有攫取成功的可能。

随悟

活得简单就快乐

很多时候，不快乐并不是因为快乐的条件没有齐备，而是因为活得还不够简单。

如果你有别人艳羡的家庭、工作，却还是体会不了寻常人家简简单单的快乐，也许是因为，你活得太复杂了。梭罗在《瓦尔登湖》里说："我愿意深深地扎入生活，吮尽生活的骨髓，过得扎实，简单，把一切不属于生活的内容剔除得干净利落，把生活逼到绝处，用最基本的形式，简单，简单，再简单。"简单的灵魂，是质朴；简单的内涵，是本真；简单的归依，是智慧！我们总是在把简单的事情复杂化，把简单的问题困难化，实际上，这些复杂的困难的，淤积在你的心上、使你不得开心颜的问题，不过是源于你复杂的内心。恰如冰心所说："如果你的心简单，那么这个世界也就简单。"

柒月

随悟

行动是最好的宣告

行动的声音，比语言的声音大百倍；感觉的速度，比语言的速度快百倍。再好走的路不愿走，永远也走不到尽头；再不好走的路一直走，一定可以走到尽头。一个人有动力，远胜于有能力！

有一种可悲的人，他们是语言上的巨人，行动上的矮子。他们挥霍着自己不多的智慧，试图寻找通往成功的捷径——然而成功并没有捷径。与之相反，另一种人他们未必聪明，但踏实、可靠，能够认定目标就坚持走下去。同样是通往成功，他们的路往往更加坎坷而漫长。可这又有什么关系呢？他们踏出的每一步，都是在向成功靠近。只要有足够的时间，再漫长的路，他们也可以走到终点。总有一些愚钝的人能够获得成功，人们惊讶于他们的成就，称呼他们为"大智慧者"。其实，成功这件事，不看你有多么聪明，而是看你有没有足够的动力，有没有不达目的不放弃的决心。

随悟

好头脑和好身体俱备

百家宗师，千古武圣——军师鼻祖姜子牙81岁拜相，前面80年他只做两件事：好好学习和锻炼身体！成功不分早晚，但必须具备两大条件：好头脑＋好身体！

在机遇来临之前，你需要做好两点准备：第一，你得有一副好身板，能让你健健康康地等到机遇来临的那一天，并且在把握住机遇之后，还能有足够的精力去奋斗；第二，你得有一副好头脑，未必要多聪明，但应当学会理智，更要在机遇降临到你面前的时候，能够意识到它的来临。成功，什么时候都不晚，怕的是早早就因为挫折和等待失去了追逐成功的勇气和信心。

柒月

随悟

树挪死，人挪活

> 水不动就是死水，人不动就是废人。人要活好六动不少：关系靠走动，团队靠活动，客户靠感动，资金靠流动，生命靠运动，成功靠行动。

静心观水流，冷眼看世态，人生不是一潭死水，偶尔会有一些风吹草动，一路风景一路歌。生活就是如此，它不断地将礼物送到你的手中，而接不接受就在你自己。当然，机会也不是靠等来的，总是等待机会，就会失去了机会。你若想得到，就别只是期望。人生就像一场长跑，跑得太快，容易后劲不足；跑得太慢，就会落伍；中途退出，就会断送以前的努力；不参加，就没有赢得比赛的机会。人生不是一潭死水，偶尔会有风吹草动，荡起圈圈烦恼。心不为烦恼所牵绊，人生自然就不会有烦恼。

随悟

选择是一种人生智慧

人生三大遗憾：不会选择，不坚持选择，不断地选择。

人生总是面临着无数的选择，所以，对于人这一生来说，学会选择，是一种重要的能力；懂得取舍，是一种伟大的智慧。遗憾的是，总有人不会选择——他们明明可以主动选择，却放弃了选择的权利，让命运将其卷入不可预测的未来。但更可悲的人，他们明明已经做出了选择，却不能坚持自己的道路，不够坚定的心灵，又如何能够通往真正的成功？不过最可悲的，是那种在不断做选择的人，他们盲目而慌张，不知道自己要什么，目标是什么，道路是什么。做出选择，沿着自己选择的道路走下去——当你做出了选择，坚定的信念和坚持的态度，也许会更重要。

柒月

215

随悟

远离疾病的三大秘诀

现代人三大致病原因,你有没有:1.吃得太好;2.睡得太晚;3.动得太少!

现代医学飞速发展,然而道高一尺魔高一丈,越来越多的疾病困扰着人们。按理说,公共卫生上的进步和预防医学的发展,应该能让人远离疾病才是。而为什么现代的人们更容易被疾病缠上?第一,吃得太好。什么都要讲究一个适度,讲究一个平衡,饮食之道概莫能外。第二,睡得太晚。电灯的发明使得人类的活动在时间上扩展到了夜,夜色里的娱乐和诱惑都太多太多,但很多人却忘了,夜里最该干的事情是睡眠。第三,运动太少。法国启蒙运动大思想家伏尔泰说:"生命在于运动",但机械将人类从繁重的体力劳动之中解放了出来,甚至就连出行,都已经有代步工具。我们每日的运动量和真正所需的运动量相比,实在太少。如何远离疾病,从而获得健康长寿?合理的饮食、规律的作息、充足的睡眠、适量的运动才是真正的"神药"。

随悟

实践出真知

一个正确的认识，往往需要经过由物质到精神，由精神到物质，即由实践到认识，由认识到实践这样多次的反复，才能够完成。

很多时候，我们以为自己知道了的时候，其实并不知道，自己对于一件事物的了解，还停留在最片面、最表面的层次。就像你喜欢车，了解很多品牌，对参数如数家珍。但你其实不知道，车子是怎么跑起来的，怎么调整和更换部件，能让这辆车跑得更快、更稳。更不用说，能够从基础的零件开始，组装一辆车子。一知半解固然让人嗤笑，但只懂皮毛的人也难以在行家面前不露怯。想要在一个领域有所成就，那就必须深入其中，不仅知其然，更要知其所以然，还要将其用于实践。毕竟，实践是检验真理的唯一标准。

柒月

217

随悟

先知先觉改变一生

世界总分三等人：一等人先知先觉创造世界，使得事情发生；二等人后知后觉感叹世界，看着事情发生；三等人不知不觉憎恨世界，不知道事情发生！

世界上有三种人：当事情发生时，先知先觉，后知后觉，不知不觉。

你可以先知先觉地引领潮流，或者后知后觉地苦苦追赶，又或不知不觉地被淘汰。

当机遇出现的时候，先知先觉者大口吃肉，后知后觉者还可以啃点骨头，不知不觉者则要掏钱买单了。

要做到先知先觉首先要具备魄力，判断和执行的魄力。成功是优点的发挥，失败是缺点的累积。走对了路的原因只有一种，走错了路的原因却有很多。先知先觉改变一生，不知不觉断送一生！

随悟

不要留恋昨天

昨天再好，也走不回去；明天再难，也要抬脚继续。没有人能烦恼你，除非你拿别人的言行来烦恼自己。

无论有多困难，都坚强地抬头挺胸。人生是一场醒悟，不要昨天，不要明天，只要今天。活在当下，放眼未来。人生是一种态度，心静自然天地宽。不一样的你我，不一样的心态，不一样的人生。

林清玄说："当我们活在当下的那一刻，才能斩断过去的忧愁和未来的恐惧，当我们斩断过去的忧愁和未来的恐惧，才可以得到真正的自由。"

人生每天都要笑，生活的下一秒发生什么，我们谁也不知道。所以，放下心里的纠结，放下脑中的烦恼，放下生活的不愉快，活在当下。人生喜怒哀乐，百般形态，不如在心里全部淡然处之，轻轻一笑，让心更自在，生命更恒久。

就算不知明天会变得如何也无所谓，我们是为了活在当下而全力以赴。

柒月

219

随悟

成功只要三步

> 成就梦想的路只有三步。第一步：选择，很多人选择之前没好好想，选择之后怀疑。第二步：行动，没有人看1000场篮球赛就能成为优秀球员，每天的汗水和训练成就了球星。第三步：坚持，任何能力的形成都是坚持的结果。

选择，行动，坚持——无论想要获得怎样的成功，你所要走的路，其实只有这三步。

选择很重要，人生最艰难的，不是没有选择，而是选择太多，不知如何选择。终于做出选择，又觉得另一个选项更好。选择总比没有选择好，做出了选择，就该坚持自己的选择。因为人生没有回头路。

行动，是付诸实践，是把纸面上的设计图，变成眼前的高楼大厦；是把纸面上的旅行计划，变成脚下要走的路；是把梦想，照进现实。

坚持，是千磨万击还坚韧，是咬定青山不放松，是漫漫远征路上与疲累、困苦和放弃的斗争。

选择目标，付诸行动，坚持走到底。再远的路，你都能走到终点；再遥远的成功，你也能紧握在手中。

随悟

有本事才能有人脉

如果你不够优秀，人脉是不值钱的，它不是追求来的，而是吸引来的。只有等价的交换，才能得到合理的帮助。这话虽然听起来很冷，但却是事实。

人脉不是你利用多少人，而是你帮助多少人！

人脉不是多少人在面前吹捧你，而是多少人在背后称赞你！

人脉不是辉煌时多少人奉承你，而是落魄时多少人愿意帮助你！

人脉不是你认识多少人，而是多少人认识你！

人脉不是你和多少人打过交道，而是多少人愿意主动和你打交道！

华为 CEO 任正非曾告诫年轻人说：年轻人要存本事不存钱，存人脉不存钱。没人脉做不成事情，没本事有人脉也白搭。

随悟

胜不骄，败不馁

做人总有顺境逆境。千万不要在顺利时沾沾自喜，也不要在逆境时怨天尤人。人生逆境时，切记忍耐；人生顺境时，切记收敛。

人生无非两种境遇，顺境和逆境。

逆境时，好比走上坡路，每走一步都是进步。我们要学着忍耐自己的性子，不要怕看不见曙光而丢失信仰，失去动力。逆境也许很漫长，好比严寒的冬日，只有一点一点熬过去，才能看见更灿烂的春光。因为那些积攒的努力，从来不会白费，它会让万物生长得更茁壮。

顺境时，好比走下坡路。风风火火，最容易刹不住车。此时一定要谨记沉着、收敛的美德。不能因小失大，最终酿成灾祸。多少人熬过了逆境，却可恨可悲地败在顺境的道路上。

随悟

事事都要做到位

天下事总分为三种：做，做到，做到位！做，不知为何而做不可能有结果。做到，知道为何而做或有结果。做到位，目标明确，行动果敢，不达目的誓不罢休！

公司招聘新进三位销售，第一位按照要求打了电话、发了传单、联系了客户，但月底没有一单成交；第二位加班加点日夜奔忙，付出更多的精力和汗水，达成了公司既定的业绩目标；第三位不忙着联系客户的事情，先是花时间了解了行业、公司和产品，然后再对比客户的资料，筛选潜在的、成交期望更高的客户，对用户进行画像，做针对性的话术还提前进行了演练。不出所料，第一位销售被淘汰，第二位中规中矩，唯独第三位平步青云。因为第一位，只是在做，有行动而无目标；第二位，有行动、有目标，做到了要求，却没有自己的想法；而第三位，他有自己的思考和方法论，不仅做了，做到了，更做到位了，能出类拔萃，其实并不偶然。

柒月

223

随悟

保持善念是最好的修行

人生就是一场修行。每一件事情都心平气和地去做，每一个人都和善亲切地去对待，时刻让自己保持一颗善心善念，这就是最好的修行！

寒山问拾得曰："世人谤我、欺我、辱我、笑我、轻我、贱我、厌我、骗我，如何处治乎？"

拾得云："只是忍他、让他、由他、避他、耐他、敬他、不要理他。再待几年，你且看他。"

听寒山拾得问对。第一次听出退让，第二次明白豁达，第三次修得涵养，第四次知晓洒脱，第五次悟出平常。一个人来这个世上走上一遭，便是一场修行。保留一颗童心，秉承一颗善心，污浊人世，霎那便美好。

随悟

我思我行我为故我在

人生永远都不会辜负谁！那些转错的弯，走错的路，滴下的汗水，留下的伤痕，全部都是为了让你成为独一无二的自己。

《卡萨布兰卡》里有一句台词，你现在的气质里藏着你走过的路、读过的书和爱过的人。凡走过的必留痕迹，人生在世，决定你之所以为你的，正是你所经历过的一切，留给你的痕迹。犯错不可怕，人总是在试错之中不断成长；受伤不可怕，断裂的肌肉纤维愈合后会更强壮，留下的伤疤是你勇武或者莽撞的证明。别在成长中丢掉属于自己的颜色，也别被生活的苦难打磨去你的棱角。无论自己在别人眼里是什么样子，都不要急着否定或肯定自己，只要努力去做最好的自己，一生足矣。为自己的人生负责，为自己的梦想买单。

柒月

随悟

捌月

桂秋，
桂花落雨，
满庭飘香心怡几许。

凡事看淡些

一个人的自愈能力越强，才越有可能接近幸福。做一个寡言，却心有一片海的人，不伤人害己，于淡泊中，平和自在。

心情不好就少听悲伤的歌，饿了就自己找吃的，怕黑就开灯，想要的就赚钱自己买。即使生活对你百般阻挠，也没必要矫情，放大自己的不容易，现实这么残酷，拿什么装无辜。改变不了的事就别太在意，留不住的人就试着学会放弃，受了伤的心就尽力自愈。除了死，都是小事，别为难自己。

随悟

思想造就人

毛泽东说过："思想这个阵地，你不占领，别人就会占领。"切实守住思想这个阵地，才能经受住各种考验，始终保持正能量，常给思想扫尘，日日精进。

拿破仑说："世上只有两种力量：利剑和思想。从长而论，利剑总是败在思想手下。"

而卡耐基在《人性的弱点》一书中说："我所学到的最大经验是，我们的思想最重要。如果我能了解你的思想，就能了解你这个人，因为你的思想造就了你这个人，通过改变自己的思想，我们就能改变自己的一生。"

思想是赤手空拳的你，可以掌握的最为强大的武器。不要让别人轻而易举地控制你的思想，就像在面对穷凶极恶的敌人时，放弃抵抗，只会让你更接近死亡。

捌月

随悟

众处守住嘴，独处守住心

其实，最大的敌人不是别人，正是你脱缰野马般的"心"，出口是非不断的"嘴"。所以，人多时请管住自己的嘴；人少时请管住自己的心。多体察自己，少议论别人。

人一辈子，最大的敌人并非来自外界，而是源于自己的内心；最大的祸端不来自天灾，而是自己亲手酿成的人祸。如果内心无比强大没有弱点，外界再想毁掉你，也是难如登天；如果本身错漏百出，就如同千疮百孔的破木船，随便一个风浪就会打破你形同虚设的防备。

你的心如脱缰野马，你的一举一动就给别人留下了无尽的可乘之机，想抓把柄陷害你，也就轻而易举。你的嘴是非不断，你的一言一语就可能招惹无数的敌人。最终举世皆敌，寸步难行。

随悟

只问耕耘，不问收获

不要急于等着回报，只要你种下种子，就一定会有收获。只管耕耘，不问收获，因为播种和收获不在一个季节！

《曾国藩家书》中有这样一句话："自立立人，自达达人，莫问收获，但问耕耘。"耕耘虽未必有理想中的收获，但就我等凡夫俗子来说，不努力耕耘，定无所收获。如无衣食之忧，请享耕耘之乐。

世上大概有两种人，一种人毕生致力于拥有，另一种人毕生致力于有所作为。一心渴望拥有，一旦没有达到目的，就会失落、痛苦和绝望。心无旁骛，专心于事业的追求，就会忘掉许多烦恼，找到许多努力过程中的快乐。默默耕耘的人其实是最智慧的人。

捌月

231

随悟

吃苦是为成功铺路

用一杯水的单纯，面对一辈子的复杂。对未来的真正慷慨，是把握住现在。看淡一点再努力一点，你吃的苦会铺成你成功的路。

《王尔德狱中记》中如是说："生活并不复杂，复杂的是我们自己。生活是单纯的，单纯的才是正确的。"面对复杂的世界，总还有人努力保持着最初的单纯模样，用最善意的眼睛看待这个世界，用最真诚的话语与这个世界交流。要理解简单性，你需要心灵的单纯，因为只有单纯的心才能理解单纯的真理。

随悟

服务是最万能的语言

最万能的语言是服务，最简短的回答是行动！优质服务不是一句口号，而是服务者自身的一种价值观念。以服务为先导，金钱自理之。

《美丽人生》中有这样一句台词："上帝为人服务，但上帝不是下人。"服务行业并不低人一等，服务行业做好了，也是一种修行。那么，怎样才能做好服务呢？Facebook 创始人马克·扎克伯格如是说："我们创建服务不是为了赚钱，我们赚钱是为了提供更好的服务。我们认为这才是做事的态度。"顾客不是买产品，他更买做事认真的态度、服务态度和服务精神。顾客满意的服务才是真正的服务！诚如拿破仑·希尔所说："你提供的服务的质量，加上你提供的服务的数量，加上你提供服务时的心态，等于你一生获得的收入。"

捌月

随悟

没有值不值得，只有愿不愿意

如果决意去做一件事了，就不要再问自己和别人值不值得。

沙漠里有两个人打算学游泳，但在做出这个决定后，其中一个人有些后悔。世代生活在沙漠里的人，从来没有体验过游泳的感觉。因为在沙漠里，水是极度珍贵的资源，哪里能用来做游泳这般挥霍的事情？

但另一个人却始终忘不了这一个执念，便随着路过这个沙漠村庄的商队离开了，在外面呆了半年。这半年里，他确定自己并不适合沙漠以外的世界，但他还是满足了自己学游泳的心愿。只是，回到沙漠以后，游泳就成了屠龙之术。

直到有一天，沙漠突降暴雨。当来不及渗入地下的水，裹挟着泥沙，在沙漠中肆意奔腾、流向洼地的时候，他才终于让自己的泳技，发挥了重要的作用。靠着并不算高明的游泳本领，他拯救了村子里不少的人。而另一个也曾打算学游泳的人呢？很不幸，死在了这一场天灾之中。

有时命运的戏谑就在于，你一直犹豫不决，等到终于下定决心，已经到了谢幕的时间。所以，如果你已经决意去做一件事情，就别再犹豫。

随悟

台上一分钟，台下十年功

流过的每一滴汗，都会提升你的魅力，世上没有凭空而来的魅力，只有持之以恒的努力！

每次表演结束之后，都有很多小女孩聚集在后台，向舞者请教如何跳出动人心魄的舞蹈。舞者也不拒绝，只是希望这些小女孩，能够看看她一天的行程，再决定是否将舞蹈作为一生的梦想。

天不亮的时候，舞者就要起床，舒展筋骨，练基本动作。为了维持轻盈的体态，一日三餐都要严格控制热量的摄入。一天要练习八个小时，晚上是表演的时间，她要提早两个小时，乘坐总是不准时的公共汽车，穿过半座城市，然后在化妆间开始准备。然后，是整整三个小时的演出。虽然她只有十五分钟的独舞，但她始终神经紧绷，一点都不能松懈。因为即便是演出了无数场，也不能保证不会出现意外，而意外一旦发生，就得应变。最后，表演结束之后，卸妆，换衣服，再两个小时的风雪兼程后，回到自己的家。

这就是舞者的一天。

舞台上，她是魅力四射令人艳羡的宠儿；但舞台下，她需要为此付出的汗水，却鲜有人知。

随悟

捌月

235

不达目的誓不罢休

　　不是树太高，而是你没有努力往上爬；不是井底没水，而是挖的不够深；不是成功来的慢，是放弃的快。所以成功不是靠奇迹，而是靠轨迹。

　　成功有时离人就那么一点点距离，但你怕了，选择了放弃，就永远错过了机会。

　　1952 年 7 月 4 日清晨，加利福尼亚海岸笼罩在浓雾中。在海岸以西 21 英里的卡塔林纳岛上，一位 34 岁的女士涉水进入太平洋，向加州海岸游去。如果她成功了，她就将成为第一个游过卡塔林纳海峡的女性。她叫费罗伦丝·查德威克，一名游泳运动员。在此之前，她是第一位游过英吉利海峡的女性。

　　但查德威克这一次的尝试并没有成功，在 15 小时 55 分钟的艰苦跋涉之后，她选择了放弃——数小时之后她才知道，自己距离加利福尼亚的海岸只有不到半英里。查德威克说："我并不是为自己的失败找借口，如果我能看见海岸，我一定能成功。"两个月后的第二次尝试，查德威克如愿以偿——她成为了第一位游过卡塔林纳海峡的女性。

随悟

不要透支信用

朋友有时候就像钞票，有真也有假。我们需要的是质量而不是数量。时间是最好的验钞机！永远不要透支自己的信用！

世上最奇怪的一种人叫朋友，略得些名利，朋友全来了；略咳嗽一声，朋友又全部散开。宜随缘，不宜花太多精力追求。人贵自立。一个人不可能有许多朋友。所谓朋友遍天下，不是一种诗意的夸张，便是一种浅薄的自负。热衷于社交的人往往自诩朋友众多，其实他们心里明白，社交场上的主宰决不是友谊，而是时尚、利益或无聊。真正的友谊是不喧嚣的。

有些事情，当我们年轻的时候无法懂得，当我们懂得的时候已不再年轻。

捌月

237

随悟

平常心看天下事

以平常之心，接受已发生的事。以宽阔之心，包容对不起你的人。以不变之心，坚持正确的理念。

已发生的事情，不论有多懊悔，有多遗憾，都不要再纠结。放宽心，既然已经是既成事实，那么再不甘心，也只有接受。用平常心，对待世间万事万物。大喜大悲，也要看淡。处变不惊的行事风度，是一辈子的修行。

对不起你的人，当然可以选择不宽容。但由此，你的感觉也会变苦。放开心胸，解放自己，把一切看开阔，对方并不能把你怎样，你自己却已经得到了救赎。何必拿别人的错误惩罚自己呢？

正确的理念来之不易，稍有动摇可能差之千里。唯有不变之心，坚持下去，才会见到成功的那天。

随悟

心大了，事情就小了

心小了，所有的小事就大了；心大了，所有的大事都小了。看淡世事沧桑，内心才安然无恙。

放宽心，世上本无事，庸人自扰之。面对这样一个世界，我们能做的，只有先坦然接受。外面的世界如何并不重要，你要坚持自己本心不易不移，一点点构建自己的精神乐园。如果一味抱怨，一味生气，只会使事情变得更糟，还会扰乱自己的心态。

成吉思汗说："你的心胸有多宽广，你的战马就能驰骋多远。"一个人的心胸决定了他的高度。海纳百川，有容乃大。放低姿态，一切就都容得下。

捌月

239

随悟

人生的三种境界

人生三层楼，你住在哪层？第一层是物质生活，第二层是精神生活，第三层是灵魂生活。

芸芸众生，多数人只能看到自己眼前的一小片天地，终日为物质生存奔波忙碌的，只为享受物质，只为一己之私。能为一种精神奋斗不息的，是少数的精英人士。他们有自己的信仰，有自己的生活方式，也有自己不变的追求。此外，还有可以诗意地栖居人间的，是少数中的少数，他们懂生活，懂浪漫，懂优雅，懂风趣。

每个人都在为自己的生活而努力，也为摆脱当下的生活而努力。人，有了物质才能生存；人，有了理想才谈得上生活。在精神世界经历既久，物质世界的豪华威严实在无足惊异，凡为物质世界的豪华威严所震慑者，必是精神世界的陌路人。

随悟

成功靠坚持

成功没有秘诀：失败的人习惯选择放弃，而成功的人永远选择坚持。

做一件事并不难，难的在于坚持；坚持一下也不难，难的是坚持到底。能坚持别人不能坚持的，才能拥有别人不能拥有的。所谓坚持，不是四处寻求安慰后的坚持，不是寻求鼓励后的坚持，不是被人说服后的坚持。而是无论如何，牙碎自己吞，流泪自己擦，摔倒了站起来继续走。真正的坚持，永远和别人无关，全靠自己每日擦拭。不要逢人便说：请鼓励我，我会坚持下去的。那不是坚持，是乞讨。有些事情不是看到希望才去坚持，而是坚持了才会看到希望。你成功了，你的坚持就叫执着；你失败了，你的坚持就叫固执。但不管什么结果，继续勇敢地走下去吧，你的坚持还有一个名字，叫无悔。

捌
月

241

随悟

人抬人无价之宝，人踩人寸步难行

> 上层人，人帮人，帮来帮去帮自己，互相成就了彼此；中层人，人比人，比来比去气不顺，心生嫉妒恨；下层人，人整人，整来整去整自己，害人者必害己。助人方能达己，互利方可共赢。德不厚者，不能怀远；才不大者，不能博见。

之前有位朋友送了一篓螃蟹，和被绑起来售卖的大闸蟹不同，这一篓螃蟹颇为自由，甚至这小口的蟹篓都不曾封口。但奇怪的是，并没有螃蟹趁机逃出来。直到家里人开始煮螃蟹的时候，才发现，原来是另一只螃蟹夹住了这一只离蟹篓口子最近的螃蟹。如此一只只互相钳制，于是零散的螃蟹便成了一个蟹球，难怪没办法逃出去。

面对困境的时候，合作应该是最有效的逃生方式。但是多数人只会拖后腿，不能给群体一个正向的力。于是，结果往往就不甚完美。同样地，如果有一个人站出来，能够控制住局面，那么事情也能往一个好的方向发展。

在面对困境的时候，是选择互相帮助，还是互相拆台，大致能看出一个人的层次和高度吧。

随悟

走好自己的路

路由"足"与"各"组成，所以才"人各有路"；正因为人各有路，所以才人各有成。人生不可能总是顺心如意，但持续朝着阳光走，影子就会躲在后面。刺眼，却是对的方向。

每个人都有自己要走的路，这条路通往辉煌，在旅途中却常伴孤独。低头不是认输，是要看清自己的路；抬头不是骄傲，是要看见自己的天空。

尼采说："你有你的路。我有我的路。至于适当的路，正确的路和唯一的路，这样的路并不存在。"

平坦的路好走，但泥泞的路才能留下脚印。走好选择的路，别选择好走的路，你才能拥有真正的自己。很多事情不能自己掌控，即使再孤单再寂寞，仍要继续走下去，不许停也不能回头。再长的路，一步步也能走完；再短的路，不迈开双脚也无法到达。须知，没有比脚更长的路，没有比人更高的山。

捌月

243

随悟

世界并不是非黑即白

当你看不惯的人和事越来越少时，就代表你已经越来越成熟了。

人在年少的时候，总是把一切都看得理想化。好像童话里的世界，王子就是英俊潇洒，公主就是美丽无瑕。把一切看得那么美好，眼里便容不下沙子，现实就如同处处是缺陷的怪异世界，你总是活得反感忧郁。如果别人碰到你的底线，你就会歇斯底里。而你的底线那么浅，别人总会轻易碰触到。

这与年纪无关，有些人可能一辈子都会如此，他们总觉得世界非黑即白，看待一切都用二分法，好的就是好的，坏的就是坏的。可真正的成熟是看淡和包纳，当你把一切看得平淡，包纳了大多数的不如意，你就拥有一个平和的心境。这对自身的成长是十分有益的。

随悟

想法决定贫富

穷人的公式：没钱→没有行动→没有赚钱的思维→继续没钱→沦落成为穷人。富人的公式：没钱→不断地行动→有赚钱思维→赚到钱→持续地行动→赚到更多钱→成为富人。原来穷人和富人开始都没钱，天壤之别只是想法不一样。

关于"想法"的决定性力量，里奥·巴伯塔在《少的力量：高效能人士的六个行动准则》一书中如是说："了解自己的想法，识别消极的想法很重要。花些时间了解自己的消极想法，几天后，把这些消极的想法抛弃掉，就像一脚踩死一只臭虫一样。然后接纳积极的想法。抛弃'太难了'的想法，换上'我可以做，要是那家伙能做好，我也可以做好'的想法。想想好处，让自己再次兴奋起来，想想你开始做这件事的时候，你的激情是从哪里来的。"

你的想法不会改变这个世界，但是你的想法能够改变你的世界。

捌月

245

随悟

成大事的九个方法

成大事者的手段：1.敢于决断（克服犹豫不定的习性）；2.挑战弱点（彻底改变自己缺陷）；3.突破困境（从失败中摄成功的资本）；4.抓住机遇（善于选择、创造）；5.发挥强项（做自己擅长的事情）；6.调整心态（切忌让情绪伤害自己）；7.立即行动（只说不做，徒劳无益）；8.善于交往（巧用人力资源）；9、重新规划（站到更高起点）。

成大事者，一要克服犹豫，敢于决断，不让犹犹豫豫成为自己的绊脚石；二要挑战自身弱点，尽量完善自我；三要在失败中善于学习，失败乃成功之母；四要善于抓住机遇，从选择和创造中利用好机遇；五要做自己擅长的事情，好像磨一把刀，越来越快；六要随时随地调整好心态，不让糟糕的情绪反过来伤害自己；七要明白立即行动的道理，凡事立即去做；八要学会与人交往，学会利用自己的人脉；九要懂得重新规划人生，学会站在更高的起点上设计一生的蓝图。

随悟

格局成就不一样的你

担当需要勇气，拐弯需要智慧！人生前进的路上就是两件事：担当和拐弯。有担当精神能成为团队领袖，有拐弯智慧才能成就人生事业！

勇者无惧。一个人有了担当，就有了面对一切的勇气。曾几何时，我们都是嗷嗷待哺的婴儿，那时只能靠别人庇护。后来我们有了能力自立，可是还有人停留在幼儿时代，时刻想着别人保护自己。而有的人却有了担当，他主动想去做一番事业，承担一份责任。这时他的格局就会变大，他的人生就会走上坡路。

拐弯需要智慧。拐弯不是随意乱拐，那样容易撞车。我们要运用智慧拐弯，时刻把好方向盘。遇到不同的问题，选择不同的方案对待。这才是智慧的体现。

具备了担当的精神和拐弯的智慧，人生才会越来越顺利。

捌月

247

随悟

对自己负责

> 人一辈子，不管活成什么样子，都不要把责任推给别人，一切喜怒哀乐都是自己造成。生命本身就是一种回声。把最好的给予别人，就会从别人那里获得最好的。

人生是好是歹，其实都是自己的选择，沿途风光如何，都怨不得别人，自己要对自己负责。推诿责任，本质上就是你人生走向贬值的开始。而承担责任，就是在投资你的个人品牌。一个人的成长就从学会承担责任、消灭借口开始。有时候看似是吃亏的，但其实你是最大的赢家，因为吃亏是福，你的胸怀格局可以承担更多责任！

人生须知负责任的苦处，才能知道有尽责的乐趣。别怕担责，扛得起责任的人，才配得起荣耀。

随悟 ....

....

....

宁静以致远

能让内心保持宁静的人，才是最有力量的人。所谓：神静而心和，心和而形全；神躁则心荡，心荡则形伤。

夫君子之行，静以修身，俭以养德。非淡泊无以明志，非宁静无以致远。

思想需要经验的积累，灵感需要孤独的沉淀，最细致的体验需要最宁静透彻的观照。

真正的平静，不是避开车马喧嚣，而是在心中修篱种菊。尽管如流往事，每一天都涛声依旧，只要我们消除执念，便可寂静安然。如果可以，请让我预支一段如莲的时光，哪怕将来有一天加倍偿还。这个雨季会在何时停歇，无从知晓。但我知道。

捌
月

随悟

有一种爱叫做放手

按自己希望的方式生活不叫自私，要求别人按照自己希望的方式生活才叫自私。

人生来有选择自己道路的权利。按自己希望的生活方式来生活，本身就无可指摘。可是，如果要求别人按自己希望的方式生活，那便是自私了。

现如今，很多家庭中的父母，往往会横加干涉孩子的生活方式，不仅仅是在他们小的时候安排好一切，即便成家立业之后，父母的干涉也无处不在。然而，每个人都有选择过自己想要的生活的权利。毕竟人生这条路，每个人都要靠自己走。子女长大了，要学会适时放手。不然，孩子长不大，不自立，不成熟，而且对父母的安排只会更加逆反，甚至心生怨恨。

仔细想想，要别人按自己的方式生活，这何尝不是一种自私呢？爱是博大的，爱就要学会放手。

随悟

让自己变得"值钱"

孔子说："不患无位，患所以立；不患莫己知，求为可知也。"意思是：不要担心自己没有职位，应担忧的是自己没有胜任职位的才能；不要担心没有人知道自己，只求能有使别人知道自己的学问。一个人在职场中发展，永远不要担心领导为什么没有给自己更好的职位。我们的焦点应放在如何学到安身立命的真才实学，充分体现自己的价值，每天都要积蓄能量，做一个"值钱"的人。

这世界上有很多重要的位子在虚席以待，但唯有能力适合者方能居其位，所以不必抱怨自己被埋没。须知，是金子总会发光，你如果有才华，锥处囊中，不会被轻易埋没。与其抱怨自己怀才不遇，不如想一想，自己是不是真的那么有能力？

我们的痛苦正是产生于我们的愿望和能力的不相称。一个有感觉的人在他的能力扩大了其愿望的时候，就将成为一个绝对痛苦的人。只有在一切力量都得到运用的时候（即欲望与满足欲望的能力相称），心灵才能保持宁静。

捌月

251

随悟

人生求变则活

二律背反定律：凡是适应现在的，一定丧失未来的适应性；凡是适应未来的，一定丧失现在的适应性。

当舒适成为一种习惯，再打破习惯推倒重来会更加困难，不如试着不让身体处于"舒适"的状态，也许你会发现，离开舒适区没有你想象的那么难。要么待在自己的舒适区平淡下去，要么离开自己的舒适区再历风雨！

一点点突破自己的舒适区域，慢慢地，你能做的事越来越多；慢慢地，你的舒适区域越来越大；慢慢地，你越来越自信；慢慢地，你的内心越来越强大。优秀的人，一定是那些积极主动的、愿意突破自己舒适区域的人。他们不怕失败，乐于尝试，愿意担当更多职责，慢慢地，做了更多的事情，能做的事情也越来越多，他们越发优秀。这是良性循环。而那些懦弱的、保守的、待在舒适区域不愿出来的人，往往只能重复昨天的故事。而因为只做能做的事，加深了他们只能做这些事的想法，使得他们更没勇气去突破和尝试，只好躲在角落，哀怨自怜，继续待在所谓的舒适区里，这是恶性循环。

随悟

改变要循序渐进

> 大多数人只想改变世界，少数人认识到只能改变自己。记住该记住的，忘记该忘记的；改变能改变的，接受不能改变的。

大多数人都很自负，觉得自己生来不凡，生来就要改变世界。只有少数人才是清醒的，觉得即便要改变世界，也要从改变自己入手。

改变自己的人，从小处着手，从身边事入手，从点点滴滴中获取进步，最后获得一定程度上的成功。其中的佼佼者，说不准还能改变世界。

但如果目光太远，能力未够，一上手就从大事做起，那么失败总是难免。而高远的志向和现实的落差，会摧毁这些好高骛远的人，使他们一蹶不起，萎靡不振。

如果想改变世界，从改变自己做起；如果想改变自己，就要加倍努力！

捌
月

253

随悟

越努力，越幸运

运气是努力的附属品。没有经过努力的原始积累，给你运气你也抓不住。上天给予每个人的都一样，但每个人的准备却不一样。不要羡慕那些总能撞大运的人，你必须很努力，才能遇上好运气。

人，总会有智力、运气的差别；总会受环境、现实的约束；总会有人在你切一盘水果时，秒杀一道数学题；总会有人在你熟睡时，回想一天的得失；总会有人比你跑得快……参差不齐，才构成了这世界上一道道亮丽的风景。卞之琳说："你站在桥上看风景，看风景的人在楼上看你。"是的，走在生活的风雨旅程中，当你羡慕别人住着高楼大厦时，也许瑟缩在墙角的人，正羡慕你有一座可以遮风的草屋；当你羡慕别人坐在豪车里，而失意于自己在地上行走时，也许躺在病床上的人，正羡慕你还可以自由行走……

运气是虚无缥缈不可强求的，祈祷一万次换来的运气，不如磨练一万次所成就的技艺。大多数人的努力程度都远远不够，都不到拼运气、听天命的地步。做人做事最怕在无能为力时却骗自己说顺其自然。

随悟

控制自己的欲望

《道德经》有言："万物之始，大道至简。"人们常常被自己的贪婪和私欲所迷惑，却忘了最初的与世无争，至简至淡才能开阔自己的内心，收获更多的知识和财富。

有一个农夫，每天早出晚归地耕种一小片贫瘠的土地，累死累活，但收获的却不能满足温饱。一位富商可怜农夫的境遇，就对农夫说，只要他能不停地跑一圈，他跑过的地方就全部归其所有。

于是，农夫兴奋地朝前跑去。跑累了，想停下来休息一会儿，可想到富商的话又拼命地往前跑。有人告诉他，你该往回跑了，可农夫根本听不进去，他只想得到更多的土地，更多的金钱，更多的享受。最终，他心衰力竭，倒地而亡。生命没有了，土地没有了，一切都没有了。

捌
月

随悟

赠人玫瑰，手有余香

所谓赠人玫瑰手留余香，凡事都要多些在对方的立场上去换位思考，莫要以小人之心度君子之腹，为他人着想是一种人格的修养，是一种素质的体现，是一种胸怀更是一种境界。

父亲让儿子递给他一支笔，儿子随手递过去，不想把笔头交在了父亲手里。父亲就对儿子说："递一样东西给人家，要想着人家接到了手方便不方便。你把笔头递过去，人家还要把它倒转来，倘若没有笔帽，还要弄人家一手墨水。刀剪一类物品更是这样，决不可以拿刀口刀尖对着人家。"

随悟

换个角度看问题

山不过来，我就过去。人生最聪明的态度就是：改变可以改变的一切，适应不能改变的一切。

当你长大了，总有人对你说，这个世界有它的规则，你的人生也是在这个世界上过生活，别老是想着打破规则，这样的人生太狭隘了。人生可以更加宽广，只要你能领悟一个简单的道理：你身边一切所谓生活的东西，都是一些不比你聪明的人造出来的。你可以改变它，你可以影响它，你可以自己创造出对别人有用的东西。一旦你跳出那个"生活不可改变，你只能适应"的荒谬观点，转而拥抱它、改变它、升华它，给它烙上你的印迹，一旦你明白这点，你的人生将从此不同。——《史蒂夫·乔布斯传》

捌月

257

随悟

玖月

菊序，
微凉秋雨，
芙蓉出水亭亭清毓。

经得了事，才能成得了事

生活总是不能一帆风顺，有顺境也有逆境，而人也不能一直安逸在顺境里，却在逆境时感觉到失望和沮丧。唯有让自己有种越挫越勇的心态直面困难，才能在人生的境遇里披荆斩棘战胜困难！

有的人在逆境中崩溃；有的人在逆境中创造奇迹。逆境是人间最好的道场，是幸福的最佳友伴。人生路上难免羁绊，在最艰难的时候，心灵需要重拾希望，从悲伤中顿悟觉醒，在逆境中破茧成蝶。愿每一个生命，在逆境中觉醒，带上自己的阳光，做真实的自己，不以物喜，不以己悲，怀平和之心，真实坦荡地过好每一个当下。顺境不懈怠，逆境不沉沦，始终勿忘初心。

随悟

做一个觉者、悟者、达者

就像《菜根谭》里说的："进德修道，要个木石的念头，若一有欣羡，便趋欲境；济世经邦，要段云水的趣味，若一有贪著，便堕危机。"就是说人要懂得知足常乐，如果只是一味地贪婪，那么必然会因此陷入危险。

经历了一些事情，明白了一些道理。人生十之八九，多是不如意。但是，如果能用那八九的不如意，换得一两分的幸福，人也该知足了。苛求十全十美的人，往往活得不幸福；那些随遇而安的人，却活得平安喜乐。

杨绛先生在《一百岁感言》中谈到知足："保持知足常乐的心态才是淬炼心智，净化心灵的最佳途径。一切快乐的享受都属于精神，这种快乐把忍受变为享受，是精神对于物质的胜利，这便是人生哲学。"

祸莫大于不知足，咎莫大于欲得，故知足之足常足矣。

玖月

261

随悟

自在人生不着相

世间每个人的心里除了对未来执着的信仰和对追求的执念，还有很多纷扰的杂念和欲望。凡事都计较的人，那么凡事都会放不下，让自己感觉更累；只有懂得放下，把一切看淡，才会活得轻松自在。

老和尚携小和尚出游，途遇一条河，见一女子正想过河，却又不敢过。老和尚便主动背该女子趟过了河，然后放下女子，与小和尚继续赶路。小和尚不禁一路嘀咕：师父怎么了？竟敢背一女子过河？一路走，一路想，最后终于忍不住了，说："师父，你犯戒了，怎么背了女人？"老和尚叹道："我早已放下，你却还放不下！"

随悟

有一种力量叫水滴石穿

不论一个人天生有多么的聪慧，如果没有把注意力放在同一件事情上并持之以恒地努力，即使再有天赋也必然会以失败收场。

弈秋是古代有名的棋圣，有两人同时拜他为师，弈秋一心想把自己的棋艺传授给他们，所以授业解惑勤勤恳恳，并不藏私。弈秋讲完课，就叫两名弟子对弈。开局不久，就见分晓：一个从容不迫地能功能守，一个手忙脚乱地对付。弈秋一看，两个人的棋艺相差悬殊。他对棋艺差的学生说："你们两个人一起听我的讲课，他能专心致志，而你呢，心不在焉，所以对弈的结局一目了然。"

玖月

随悟

助人是人格升华的标志

往往拥有仁爱之心的人会在别人有困难的时候伸出援手。助人为乐可以让自己的灵魂越来越富有，而那些自私卑鄙的人不会被善待，最后郁郁而终。

陌生人的馈赠是人与人之间最纯净的善意之一，在种种馈赠中，陌生人只是恰巧路过，施以援手只因心中有爱，他们不求回报，没有诉求，所以对于这些馈赠，除了遥寄一份祝福，我们常常无以为报。

这样的人在物质上未必富裕，但在精神上一定富足。在别人落魄的时候，伸出援手，才是真正的有情有义；在别人消沉的时候，给予鼓励，才是真正的不离不弃。

随悟

该动脑的时候别动情

怀有恻隐之心，是一种善良；懂得如何抉择，是一种成长。一个人成熟的标志，就是该动脑的时候不再动情。

该动脑的时候别动情，该理智的时候别感情用事，这就是成熟的标志之一。不同的时间，不同的地点，站在不同的角度，就该作出不同的决定。有些决定会让你不忍心，有些决定会违背你的初心，但在其位，谋其政，这是原则。虽然残酷，却是成年人世界的法则，是这个世界冷酷但最真实的一面。爱与同情可以使这个世界更美好，但维持这个世界正常运转的却是秩序。所以，如果一个人处于这样那样的感情之中，而混淆了自己的角色和职责，又如何能做好自己的本职工作？又怎么能避免混乱？

玖
月

随悟

不设限，万事皆成

年龄从来不是界限，除非你自己拿来为难自己。活出自己想要的人生，无论何时，年华都盛开，无论何年，都是盛年。

年龄从来不该成为一个人实现理想的障碍，心中有梦，什么时候都不晚。真正桎梏你的，是你心底对自己的否定，年龄只是一个借口而已。春秋五霸之一的晋文公重耳，43岁被迫流亡列国，62岁回国继位国君，短短数年间，携晋国重回列国之巅，本人更是成为齐桓公之后又一位会盟诸国的霸主。斩白蛇赋大风的刘邦，一辈子游手好闲，直到47岁的时候响应陈胜、吴广起义，沛县起兵，方才走上了发迹的道路。"苏老泉，二十七，始发愤，读书籍"，苏洵、苏轼、苏辙父子三人合称"三苏"，文坛著名两千年，能出其右者寥寥。27岁才发奋读书，晚吗？只要努力，什么时候都不算晚。

随悟

你比想象中坚强

> 真正的坚强，是当所有的人都以为你将崩溃的时候，你还可以振作。

有这样一个女人，大胆地向世人展示着她的"伤疤"，却获得了人们的掌声和鲜花。她4岁时得了肿瘤，11岁腿上长脓肿，12岁发现得了脊柱侧弯，13岁在脊椎里埋植了两根钢条。之后她又因为颈部椎间盘突出、肩膀二头肌腱炎等经历了多次手术。至今她都不能弯腰，也无法像其他女人一样风情万种地扭动身体……从4岁开始，她的身体就出现了太多常人所无法面对的问题。"伤痛从来就没有消失过，我只是习惯了而已。"她习惯了这一种时刻与伤痛斗争的生活。疼痛涌上来了，她没有任何办法，只能照样穿好衣服，看看当天的训练和比赛安排，"活下去就是成功。"她总是这样告诉她的家人。她就是珍妮特·李，绰号"黑寡妇"，有史以来最著名的"九球天后"。

玖月

随悟

守住自己的本心

不管生活中的剧情怎么变化，心中依然要有个方向标，不随波逐流，不人云亦云。

就像羊群中的某一只羔羊，芸芸众生总是盲从，随人群汹涌，一会儿往东，一会儿往西。我们看不清来时的路，也不知道自己要去的方向，甚至不明白此刻的自己真正想要的是什么。难道你甘心自己的这一生就这么碌碌无为地度过？也许此刻的你还没有逆流而上的力量，但你至少应该守住自己的本心。我们虽然不能控制风的方向，但却可以调整帆的方向，达到胜利的彼岸。永远都不要为了目的而忘了初衷，就像给风命名的，不是它要去的方向，而是它来时的方向。

随悟

改变心态看问题

失败源于埋怨。

不要轻易去埋怨，不要养成埋怨的习惯，试着改变自己的心态看问题，你就能处处收获惊喜，你就会发现每个人都是幸运的！

意志薄弱、经不起挫折的人往往有一套自宽自解的话，就是把所有的过错都推诿到环境。明明是自己无能，却埋怨环境不允许其显本领；明明是自己甘心做坏人，而埋怨环境不允许其做好人。普通人的毛病在责人太严责己太宽。而马云呢？他从别人的抱怨之中看到了商机："机会在哪里？机会就在有人抱怨的地方。当有人抱怨时，机遇也同时存在。所以当我听到别人埋怨时，我就会觉得兴奋，因为我看到了机会，会想我可以为这做些什么。"所以，马云的成功，是偶然，却并不意外。

玖月

随悟

何必在乎别人的眼光

如果你是一只雄鹰，就不要在乎麻雀怎么看你，因为你飞行的速度、高度、力度、角度，它看不见、看不懂。人生最重要的是认识自己，清楚自己的目标和实力，而不要在乎别人如何议论你。努力到无与伦比，奋斗到感天动地。

燕雀安知鸿鹄之志？所以当周围的人嘲笑你的梦想时，别自我怀疑，是他们的眼光，限制了他们看到更高处的天空。而那里的风景，值得志存高远的你去看一看。一个人能否取得成就，与他的志向有直接的关系。一个没有大志向的人，即使再有才能，也不可能取得大的成绩，因为他的人生目标早已被他的鼠目寸光羁绊住了。人生就像爬山，最重要的是先给自己定一个高度，如果你只把自己的人生目标定在半山腰，那你就决不可能登上山顶。

随悟

断舍离就是一种动禅

生命总是充满了彩蛋，关键看你是否舍得在这遍地的纷繁里，大胆做减法，专注一两件值得你专注的事情。毕竟，这世界上所有的美好都源于专注。

米兰·昆德拉在《不朽》里，描写过人类的两种灵魂，一种是做加法的灵魂，要不断地表现自我，彰显自我，要与这个世界产生千丝万缕的联系，否则就失去了生活的意义；而另外一种人，他们则有一个做减法的灵魂，他们觉得跟这个世界没什么太大的关系，经常试图削弱甚至去除和人的关系。人生不能总是做加法，到了一定的年纪，就该明白什么对自己才是最重要的，并投入更多的精力、时间和感情。舍弃那些不必要的，或者不那么重要的。从加法生活转向减法生活很重要，并不是心灵改变了行动，而是行动带来了心灵的变化。可以说，断舍离就是一种动禅。

玖月

随悟

溺爱是一种伤害

无微不至的爱往往是人生的一种困顿，是用保护的方式扼杀着人们求生的本能。人们往往在享受了过多的安逸和富裕后承受不了奔波和贫穷的苦，会因为提前的享受而不堪重负直到老去。

溺爱不是爱，而是一个冠名以"爱"的甜蜜囚笼，让人沉溺在无微不至的关爱之中渐渐失掉自立自强的能力。没有谁能照顾谁一辈子，父母不能，爱人也不能。孩子总要学着自己长大，学着去远方寻找自己的一片天空。爱人常伴一生固然圆满，但谁也不知道谁会先离开。人总要学着自己面对风浪，学着在风雨之中坚强地等待彩虹出现，学着在哭泣的时候，想好擦干眼泪以后要如何从头再来。人生的路要自己走，所以试着放手，让你爱的人，学会怎么走路，怎么走这条漫漫人生路。

随悟

朋友如镜如书

真正的朋友是一面镜子，照照镜子，就可以明白自己的缺点；真正的朋友也是一本书，翻翻书页，就可以学有所悟、学有所获。

一个人面对外面的世界，需要的是窗子；一个人面对自我时，需要的是镜子。通过窗子能看见世界的明亮，通过镜子能看见自己的污点。其实，窗子或镜子并不重要，重要的是你的心。你的心明亮，世界就明亮。你的心如窗，就看见了世界；你的心如镜，就观照了自我。当然，自省并不是一件容易的事情，正如我们看得见别人的优点和缺点，却看不见自己身上同样的优点和缺点。所以，我们需要朋友，需要真正的朋友，一个可以直言不讳地指出你的缺点并帮助你改正的朋友；一个可以让你从他身上学到好习惯的朋友；一个可以在你落难时伸出援手的朋友；一个可以常伴一生，在你们白发稀疏、假牙换了三副的年纪，一起说着过时的笑话还能会心一笑的朋友。

玖月

273

随悟

快乐是一种能力

心中无缺叫富，被人需要叫贵。快乐不是一种性格，而是一种能力。笑看风云淡，坐看云起时，不争就是慈悲，不辩就是智慧，不闻就是清净，不看就是自在，原谅就是解脱，知足就是放下。

一名钓者在岸边岩石上垂钓，旁边几名游客在欣赏海景之余，也围观他们钓上岸的鱼，口中啧啧称奇。只见钓者竿子一扬，钓上了一条大鱼，约三尺长，落在岸上时那条鱼的身体仍腾跳不已。钓者冷静地用脚踩着大鱼，解下鱼嘴内的钓钩，顺手将鱼丢回海中，围观的众人响起一阵惊呼，这么大的鱼还不能令他满意，足见钓者的雄心之大。就在众人屏息以待之际，钓者鱼竿又是一扬，这次钓上的是一条两尺长的鱼，钓者仍是不多看一眼，解下鱼钩，将这条鱼也放回海里。钓者的钓竿第三次扬起，只见钓线末端钩着一条不到一尺长的小鱼。围观众人以为这条鱼也将和前两条大鱼一样，被放回大海。却不料钓者将鱼解下后，小心地放进自己的鱼篓中。游客百思不解，遂问钓者为何舍大鱼而留小鱼。钓者经此一问，回答："喔，那是因为我家里最大的盘子，只不过有一尺长，太大的鱼钓回去，盘子也装不下。"

随悟

懂得生活是一种艺术

生活的最高境界：珍惜自己的过去，满意自己的现在，乐观自己的未来。

珍惜自己的过去，是过去你所经历的，塑造了现在的你；满意自己的现在，现在是你唯一能够掌握的，你当知足，然后用现在的付出，创造更美好的未来；乐观自己的未来，未来或许有太多的可能，可其实未来也没那么多的不确定性，你在此时付出，便能把握未来。

成功不会造就你，是你自己创造了成功；失败不会击垮你，你要相信自己可以走出失败的阴影。别让平淡淹没你，你该在风平浪静中，酝酿滔天的波涛。

玖月

275

随悟

养生第一是安睡

命以睡为先，民以食为天！养生第一要素为睡觉，第二为饮食，第三为运动，第四为心态。

一个人的身体健康不健康靠的是睡好、吃好、运动好和心态好这四个综合的产物，缺一不可。很多人在年轻的时候不重视自己的健康，等到身体出问题了，后悔也来不及了。身体是革命的本钱，如果你想要开创自己的事业，努力完成自己的人生理想，强健的体魄是基础。所以，我们在干任何事情之前都要以身体为重，只有身体好了，干任何事情才没有后顾之忧。请记住身体是革命的本钱，睡好、吃好、运动好和心态好才是真的好。

随悟

举手投足，显露家声

以貌取人其实是科学的：性格写在脸上，人品刻在眼里，生活方式显现在身材；情绪起伏表露于声音；家教看站姿；审美看衣服；层次看鞋子；投不投缘，吃一顿饭就能知道。

看人的时候，第一印象很重要。以貌取人其实没什么错，因为一个人的外表中，藏着性格、人品、教养、学识、涵养、审美以及生活方式。悲观的人很难伪装出乐观的样子，促狭的人不会懂得欣赏他人，训练出的礼仪会给人刻板和做作的感觉，真心的交流会让人如沐春风。衣品如人品，奢侈华丽的衣裳其实并不能掩盖他腹中空空；而心有丘壑的人，腹有诗书气自华。

玖月

随悟

不要小看意念的能量

有一位外国现代心理学家曾经说过："相信思维和信念的力量，唤醒你体内酣睡的巨人。它比任何阿拉丁神灯的所有神怪都强大，而且那些神怪是虚构的，而潜藏在你身心中的巨人却是真实的。"这就是信念的力量，是一种强大于心的支持，也是收获成功的关键。

胡达·克鲁克斯老太太，在70岁的时候，给自己定下了人生后半段的全新目标。她在70岁的高龄开始学习登山的技巧，在随后的25年里，她一直冒险攀登世界各地的高山，其中不乏世界十大高峰。当她95岁的时候，她登上了日本的富士山，打破了攀登此山年龄最高的纪录。

随悟

事业看精神

曾国藩说："功名看器宇，事业看精神。"一个人即使有才具，有学问，有思想，但没有良好的体能、充沛的精力，也免谈事业。

俗话说：身体是革命的本钱，你想要干一番事业，获得成功，改变世界，开创未来……这一切，都离不开一副好身板。一个人即使才华横溢，但若没有良好的体能和充沛的精力，那么即便他能获得成功，也会比常人艰难许多。我们一定要明白一个道理，身体健康了，那么幸福也近了，事业也来了。在干事业前，首先要懂得锻炼好自己的身体，强健的身体是你干事业的动力和源泉，是你在遇到困难险阻时的有力后盾，是你行动时的有力保障。要想干事业，要想成事业，请先锻炼好自己的身体，拥有充沛的精力吧。

玖月

随悟

心里挂念的地方叫故乡

故乡是什么？就是你年少时天天想离开，但是岁数大了天天想回去的地方。

许多人思念的故乡，也许不是故乡本身。所谓故乡，更多是"少年时光里的故乡"，所以故乡在你离开的一瞬间，其实已经失去了，随着时间溜走了。你再回去，也只是尽量寻找当年的余韵，那些"还没有变化"的地方。假装时间并没有走，我们并没有长大，一切还如少年时一样。回首往事或者怀念故乡，其实只是在现实里不知所措以后的故作镇静，即便有某种感情伴随着出现，也不过是装饰而已。但不管怎样变迁荒芜，我都认为有故乡的人是幸运的。在他们的记忆里总有一个回味无穷的故乡，尽管这故乡可能只是个贫困凋敝毫无诗意的僻壤，但只要他们乐意，便可以尽情地遐想自己丢失殆尽的某些东西仍可靠地寄存在那个一无所知的故乡，从而自我原宥和自我慰藉。

随悟

生活中有些事是没法选择的

> 生命中有许多你不想做却不能不做的事，这就是责任；生命中有许多你想做却不能做的事，这就是命运。

不要把命运交托到别人的手上，没人能对你负责，你只能自己对自己负责。人生这条路，你走着走着，慢慢长大了，就该从父母的肩上，接过原本就该由你背负的行囊。你会觉得沉重，但这就是你要承担的责任。你的肩头慢慢会背负更多，当你成家立业，你要和你相爱的人相互扶持；当你有了孩子，你得为他遮风挡雨撑起一片让他自由成长的天空；当你的父母老去，你得背上他们继续走……一如你的父母，你的祖祖辈辈曾经做过的那样。这便是人生在世的责任。你逃避了，就得有另一个人替你负重前行。

玖
月

281

随悟

气质是最好的名牌

　　一个人有气质，远比穿上一身名牌更美更帅，更受人肯定。想拥有它甚至不必花一毛钱，只需注意自己的脾气、端正自己的品格、净化自己的思想、充实自己的内在，无形之中，你的谈吐、态度、举止，都会烙印上脱俗的标签。花些精力去修身养性吧，因为气质才是最好的名牌。

　　陈继儒的《小窗幽记》里有这样一副对联："宠辱不惊，看庭前花开花落；去留无意，望天空云卷云舒。"气质不是你照着个人形象设计师的设计打扮、穿一身高级定制的名牌西装、佩戴价值百万的名表、开千万起步的限量版跑车；而是你待人接物的礼仪和风度、处变不惊的镇定和态度、一往无前的自信和坚持。一个人的气质就是他独有的、最好的标志。

随悟

慎终如始，则无败事

《老子》："慎终如始，则无败事。"意思是："行百里者半九十"，如果能始终如一，持之以恒，到最后还像开始的时候那么严格要求自己，那么他的一生就很平安，没有败事可言。

做任何事情，自始至终都应该慎之又慎，这样才不容易出现差错。大部分人在开始时认真、细致、谨慎、严肃，但会渐渐变得敷衍、马虎、粗心、草率，这样往往办不好事情。所以，在做任何事情的时候，我们都要持之以恒，都要严格要求自己，这样不论干什么事情，都能有始有终，在人生的道路上不断挑战自己，成就自己，在人生的旅途中完成一个又一个的目标，成为自己人生的主宰。

玖月

随悟

脾气赶走运气

能多快搞定自己的情绪，就能多快取得成功。脾气会赶走运气。那些貌似心大的人，不过就是能忍。在成为你想要成为的人之前，做好两件事：活着、忍着。

能控制好自己的情绪，是一个人成熟的标志。被情绪左右的人，往往会不经思考做出冲动的选择，会错失机会，更会招来祸患。忍耐是成功的必备品质，《圣经》中说："凡事包容，凡事相信，凡事盼望，凡事忍耐。"忍一时风平浪静，退一步海阔天空。卢梭在《爱弥儿》中如此写道："忍耐是苦涩的，但它的果实却是甘甜的。"不加控制的情绪释放带来的只是一时的畅快，但忍耐却可以让你在不久的将来，得到真正的收获。

随悟

直面人生是一种勇气

真的猛士，敢于直面惨淡的人生，敢于正视淋漓的鲜血。

生活中真正的勇士向来默默无闻，喧哗不止的永远是自视高贵的一群。

不要怕苦难！如果能深刻理解苦难，苦难就会给你带来崇高感。如果生活需要你忍受苦难，你一定要咬紧牙关坚持下去。有位了不起的人说过：痛苦难道是白受的吗？它应该使我们伟大！劳动是医治痛苦的良药，活着，是多么幸福的事情！

不可思议吗？世界上又有多少事不可思议！而最不可思议的正是人，人的感情。不要见怪，不要见外。命运总是不如人愿。但往往是在无数的痛苦中，在重重的矛盾和艰难中，人们成熟、坚强起来，虽然这些东西在实际感受中给人带来的并不都是欢乐。

玖月

285

随悟

重蹈覆辙是愚蠢的

人类的愚蠢在于一而再再而三地重蹈覆辙。悔恨自己的错误，而且力求不再重蹈覆辙，这才是真正的悔悟。

不犯错误，那是天使的梦想；尽量少犯错误，这是人的准则。错误就像地心具有吸引力，尘世的一切都免不了犯错误。错误是不可避免的，但是不要重复错误。人不怕犯错误，"知错能改，善莫大焉"。可怕的是一直犯同样的错误，那就无可救药了。人总是在犯错之中不断成长，慢慢地，你会养成另外一种心情对待过去的事：就是能够想到而不再惊心动魄，能够从客观的立场分析前因后果，以作将来的借鉴，以免重蹈覆辙。一个人唯有敢于正视现实、正视错误，用理智分析，彻底感悟，才不至于被回忆侵蚀。当你慢慢学会了这一套，会越来越坚强的。

随悟

人生需要信仰

通向真正信仰的道路，是要经过无信仰的沙漠才会达到的。

　　人终归要有所信仰。信仰爱，信仰守望，信仰不曾离去的灵魂和冬天的艳阳，甚至信仰一棵菩提，一只暹罗，一颗醒在早晨的露珠，也好过你此刻绝望的独立。我们必须信仰某些事物。但是，假如我们没有就此信仰去采取行动，一切仍然无用。只有信心而没有作为，是无济于事的。人不是因为没有信心而跌倒，而是因为不能把信念化成行动，并且不顾一切地坚持到底。当然，仅有信仰并不足以使我们成熟。信仰的好处是能增强勇气，使我们在接受考验的时候，不至于临阵逃脱。除非我们以信仰做基础，然后付诸行动，否则任何道理、原则都没有什么用处。

玖
月

随悟

共苦才有同情

欺骗的友谊是痛苦的创伤，虚伪的同情是锐利的毒箭。

米兰·昆德拉在《不能承受的生命之轻》中写道："所有从拉丁文派生出来的语言里，'同情'一词，都是由一个意为'共同'的前缀和一个意为'苦难'的词根结合组成（共——苦）。"

辛酸的眼泪是培养你心灵的酒浆。不经历尖锐的痛苦的人，不会有深厚博大的同情心。不曾建立在相同经历上的同情，都是没有共情基础的同情。

尼采也说："如果我真的要同情别人，我会站得远远地表示。"

随悟

顺时而为，顺事而为

《月令七十二候集解》言："立，建始也，冬，终也，万物收藏也。"冬天养生，顺应避藏，避寒藏暖。宜行五事：饱睡、负暄、泡脚、热食、饮茶。

一生很长，长到很多人挥霍了很久，却依稀还是年少；一生很短，短到很多人力争朝夕，却还是免不了青丝换了白头。在年轻的时候，你有足够的时间去看远方的风景，爱上一个不会有结果的人，躲在被窝里睡一个昏天黑地的懒觉，甚至是在冬日的暖阳里发一整个下午的呆。在我们逐渐老去的时候，来不及为家人准备早餐，来不及赶上巴士按时上班，来不及做完越来越多的工作，来不及抽空学些新的东西给自己充电，来不及享受，来不及放松，来不及挣钱，来不及做自己想做的事情。然后啊，一眨眼你就老了，你觉得退休了你有足够的时间，可你在年轻时放纵，工作中劳累的身体，已经不足以支撑着你，践行年轻时的梦想，到处去看看了。

别再犹豫，别再浪费美好的年华，时间不会等你，只有你去追赶时间。

玖月

289

随悟

拾月

飞阴，
木叶落影，
秋风乍起片片相迎。

微笑着面对生活

你若爱，生活哪里都可爱；你若恨，生活哪里都可恨。既然无处可躲，不如傻乐；既然无处可逃，不如喜悦。

生活，就是理解；

生活，就是面对现实微笑，就是越过障碍注视将来；

生活，就是自己身上有一架天平，在那上面衡量善与恶；

生活，就是有正义感、有真理、有理智，就是始终不渝、诚实不欺、表里如一、心智纯正，并且对权利与义务同等重视；

生活，就是知道自己的价值，自己所能做到的与自己应该做到的；

生活，就是理智。

假如生活不如意，而你暂时又无力改变，那么，不妨以乐观的心态对待生活。

随悟

智始于止，慧达于观

无为：不是什么也不做，而是做了要放下。放下才能自在，才能开启新局面。所以无为才能无所不为！

　　无为不是不作为，更不是放任；无为是顺应而不违逆，是行善而不计较得失回报，是做了，却懂得在该放下的时候选择放下。故此，无为而无不为——人们很容易沉浸在自己已有的成就之中而无法自拔。然而你如今拥有的一切，对于你来说，是束缚、是牢笼、是枷锁、是桎梏。你被裹挟着而不能挣脱，如何又能在现有的局面之外，另外开辟一片天地？无为是放下，跳出自己的舒适区，迎接崭新未来。无为，才能无所不为。

拾
月

293

随悟

胸怀有多大，世界就有多大

能做什么，靠的不是双手，是智慧，勤劳砥砺品性，思想创造未来；能看多远，靠的不是双眼，是胸怀，你装得下世界，世界就会容得下你！

心有多大，世界就有多大。活不到冬天的夏虫你又如何与他解释冰雪的存在？面朝黄土背朝天，在畎亩之中挣扎的人，生死都是那样渺小，不能在历史之中，留下自己存在的痕迹。但当他抬起头，向着天空喊出"王侯将相宁有种乎"的时候，他，就成了在史书中有浓墨重彩一笔的变革者。你的眼界决定了你的成就，你看到的世界有多大，并不取决于你的双眼能看到多远，而在于你的胸怀，能不能装下一整个世界。只靠双手改变不了世界，改变世界的，从来都是那些用头脑的智慧，驾驭无数双手的人。

随悟

天生我材必有用

怀才就像怀孕，时间久了终会让人看出来。无论你身处何处，做好自己的事情，是金子总会发光。

如果你拥有真正的才华，那就该告诉自己，总有一天，你会功成名就。无论这一天离现在还有多远，只要不放弃，这一天总会到来的。你无需告诉每个人，那一个个艰难的日子是如何熬过来的，大多数人都看你飞得高不高，很少有人在意你飞得累不累。做该做的事，走该走的路，不退缩，不动摇，无论多难，也要告诉自己再坚持一下，是金子总会发光，努力了总会有收获，加油！

拾
月

随悟

努力比能力更重要

与能力相比，热情和思维方式要重要得多。即使能力不强，但拼命努力、又具备为他人尽力的思想境界的人，比那些能力强，但不肯努力、持负面人生观的人会好许多。

从小到大，我们总会发现，身边有这样的一类人：他们读书努力，但成绩却不是很好；工作用心，业绩上却不甚出色。但比起那些出类拔萃却恃才傲物的人，同学和老师、同事和领导往往更喜欢这样的人。他们待人亲和且真诚，热情又真挚，在你求助的时候乐于伸出援手，甚至在你开口之前，就不动声色地助你一臂之力。不是每个人都能成为天才，但我们可以学着去做一个好人。友善对待自己，友善对待别人，友善对待世界。然后你就会发觉，世界可以如此美好。

随悟

三思而后开口

果实熟透了才可以采摘，思考沉稳了才能充分表达。胸中丘壑，腹有诗书，才能落笔锦绣文章，开口便是妙言要道。

年轻时我教过几年书，有两个学生让我印象深刻。这两个学生都很聪明，但性格却截然相反。一个乐衷于展现自己的聪明，才思敏捷，往往我的问题才提到一半，他就能给出正确的答案；另一个看起来却聪明得"不太明显"，往往要思考很久，才能给出一个完整的答案。很多人可能会更喜欢第一个孩子，我也一样。但我当时认为，论成就论将来，还是第二个孩子会更胜一筹。因为话说太快就容易不经大脑，而不经思考就说出口的话，又怎么能很好地表达自己的意思呢？青涩的果实通常不会甘甜，未曾深思熟虑就说出口的话，也难免有伤人的可能。

拾
月

297

随悟

潜心则潜力无穷

> 人的一生，能找到自己喜欢做的事情是幸运的。有爱好的人，才会生活得有趣，才可能成为一个有意思的人。当你不计功名利禄地全身心做一件事情时，投入时的愉悦、成就感，便是最大的收获与褒奖。

人这一生，未必能找到一个无话不说的知己，但一定要有一样可以真心喜欢并投入其中的兴趣。人这一辈子，其实很无趣，对于多数人来说，按部就班在该做什么事情的年纪做什么事情，庸庸碌碌过一生，看上去一辈子挺长，但说完只要几句话。无趣的人生总要找些有趣的事情去做，那样，你才能变成一个有趣的人。如果你能够找到一件事情，可以让你不在乎功名利禄，不计较胜败得失，全身心投入其中——这其实也是一种幸运。你未必要在意你要付出什么、你会得到什么，因为你在这投入的过程中，就能够收获愉悦、满足和成就感。

随悟

要有重新开始的勇气

人往往悲哀地发现，不管是自由舒适的日子过久了，还是繁忙焦躁的日子过久了，结果一样都是厌倦。

朋友的公司有个很有能力的高管，但比较头疼的是，这人从不在一家公司多待，少则一两年，多则三五年，无论升职加薪还是股权分红，全都留不住他。而在两份工作之间，他会花一年的时间，去不同的地方，看看不同的风景，不同的人，这就是所谓的"间隔年"吧。老朋友觉得这是天才的怪癖，我却不以为然。人总是会厌倦一成不变的生活的，如果人总是在重复做同样的事情，那么难免会活成一架机器，失去自己身而为人的灵性。只不过，能够打破既有的生活节奏，放下一切敢于重新开始的人，终究太少。

拾
月

随悟

不幸是通向幸福的桥梁

在困厄颠沛的时候能坚定不移，这就是一个真正令人钦佩的人的不凡之处。

没有谁能一辈子顺遂，人生就像一条抛物线，幸运的顶点往往也是厄运的开端。好的运气令人羡慕，而战胜厄运则更令人惊叹。须知：奇迹多是在厄运中出现的。不要因为幸运而故步自封，也不要因为厄运而一蹶不振。真正的强者，善于从顺境中找到阴影，从逆境中找到光亮，时时校准自己前进的目标。诚如鲁迅所言："伟大的心胸，应该表现出这样的气概：用笑脸来迎接悲惨的厄运，用百倍的勇气来应付一切的不幸。"

随悟

超越自己才是高贵

优于别人，并不高贵，真正的高贵应该是优于过去的自己。

    真正的超越，不是你超越了别人，而是每一天的你，都比前一天的自己更优秀。那些想要开创自己的道路的人，从来不会把别人当做需要超越的目标，因为终有一天，在这条自己要走的道路上，没有人比他走得更远。只有把昨天的自己作为参照，才有不断超越的可能。只会和别人进行比较，然后从别人的不足之中寻找优越感的人，是永远不可能体会到领跑所有人的感觉的。目标有多远，你才有可能走多远。谁也无法预料，把超越自己当做目标的人，究竟能够在自己的道路上走多远。

拾月

随悟

机会只垂青于有准备的人

人们常觉得准备的阶段是在浪费时间。只有真正机会来临，而自己没有能力把握的时候，才知道自己平时没有准备才是浪费了时间。

富兰克林说："没有准备的人，就是在准备失败。"花在准备上的时间从来都不嫌多，更不能说是浪费。很多人只看到出色的销售员拥有演说家一样的演讲才能和说服力，却不知道他曾在休息日练习到深夜，更不知道即便练熟了每一套的说辞，他还会在每天早上出门之前，对着镜子练习自己每一个角度的笑容和表情。成功从来不是偶然，因为机会只垂青于有准备的人。

随悟

方向比努力更重要

人生最重要的并不是努力，而是方向。压力不是有人比你努力，而是比你强几倍的人依然比你努力。

对于那些向往成功，却收获失败的人来说，最残酷的一句话莫过于："你很努力，可惜你没有找对努力的方向。"在找到方向、定下目标之前的努力，是盲目的努力，越是努力，越是会偏离成功；与之相反，找对了方向、定下了目标之后，即便在这条通往成功的路上蹒跚而行,但总有抵达成功的那一天。所以，在很多时候，方向比努力更加重要。而在通往成功的这条路上，真正的对手不是那些比你努力的人，而是那些比你跑得更快，却还在不断加速的人。

拾
月

303

随悟

认真过好每一天

昨天很重要，它是我们不可或缺的经验；明天很重要，它让我们有了憧憬和梦想；但最重要的，是我们今天要做的一切。告诉自己：把握当下，怀着积极心态过好每一个今天，不要躲藏在昨天的阴影中，也不要沉迷在明天的幻想中，认真过好每一天。

人的一生只有三天，昨天、今天和明天。昨天已经过去，怀念无用，追悔无用；明天还未到来，空想无用，期待无用；今天，只有今天，才是我们能够把握住的当下。在今天，我们告别昨天，迎接明天。我们和过去的伤痛或喜悦、辉煌或失败作别；我们用当下的奋斗、当下的努力、当下的拼搏，亲手缔造一个我们想要的、最美好的明天。别沉溺在过去，也别空想着未来，因为你只能活在今天，只能把握今天，只能改变今天。认真过好每一个今天，你的人生才不会总是失色。

随悟

世界上最厉害的本领

世界上最厉害的本领是什么？是以愉悦的心情老去，是在想工作的时候能选择休息，是在想说话的时候保持沉默，是在失望的时候又燃起希望。

人一简单就快乐，一世故就变老。保持一颗年轻的心，简简单单，平淡但不平凡。在自己内心的世界中找到另一片天，你会发现，其实自己没有想象中那么脆弱，做个简单的人，享受阳光，用愉悦的心情去工作，去生活。做人就应该要学会控制自己的情绪，将更多的精力放在提升自己上面。快乐很简单，只要你用心就能够拥有这世界上最厉害的本领了。

拾月

随悟

低头抬头皆通透

抬头看天是一种方向，低头看路是一种清醒；抬头做事是一种勇气，低头做人是一种底气；抬头微笑是一种心态，低头看花是一种智慧。

前些年徒步进藏，领队是个四十来岁的中年人，本职工作是外企高管，但活得透彻，言语之中流露出的智慧，仿佛一位高僧。他说，找方向的时候要看天，唯独太阳不会骗你；走路的时候要看地，才不会被沟沟坎坎绊倒；做事的时候要抬头，自己给自己加油打气；做人呢要低头，太傲气的人过刚易折，还容易一蹶不振；抬头的时候要微笑对待世界，即使世界以痛吻你；低头的时候多看看路边的风景，平凡之中也有你可以感悟的智慧。

随悟

为自己的人生负责

　　有人帮你是幸运，学会心怀欢喜与感恩；无人帮你是命运，学会坦然面对与承担。没有人该为你做什么，因为生命本是自己的，你得为自己负责任。

　　人这辈子，有人帮你是一种幸福，没人帮你就靠自己。命运是掌握在自己手里的，我们每天面对形形色色的人和事，我们只有自己对自己负责，靠自己的努力才能创造美好的未来。生命只有一次，不要去抱怨、去埋怨，要懂得感恩别人，感恩自己，让生活简单一点。学会坦然面对、学会承担后果，要懂得做一个对得起自己的人。

拾月

随悟

该奋斗的年纪别偷懒

不要在该奋斗的年纪选择去偷懒，只有度过了一段连自己都被感动了的日子，才会变成那个最好的自己。

年轻时活得太容易的人，老了以后通常过得艰难；而那些年轻时候选择奋斗的人，却往往可以拿着退休金和资产收益，安享自己的晚年。听人说，人一辈子要吃的苦都是有定数的，年轻的时候过得甜了，老了难免就要吃苦；年轻时吃完了一辈子要吃的苦，将来的日子便只剩下了甜。寄语尚且年轻的人们：把自己活得就像是一部励志电影，以感动自己作为奋斗的标准，惟有这样，你才不辜负自己这一生。在你往后的时光中，也不会埋怨年轻时候的自己把所有的痛苦都留给了将来。

随悟

尽力而为，然后交给命运

谋事在人，成事在天，你的心态就是老天授予的旨意。

"谋事在人，成事在天"，很多宿命论者把这句话挂在嘴边，自以为这样就能给自己的失败找到一个外在的理由，就仿佛"时运不济，命运多舛，冯唐易老，李广难封"；仿佛项羽乌江边自刎时愤然的那一句："乃天亡我，非战之罪。"可实际上呢？在把最终的裁决权交给命运之前，你是否有付出自己百分之百的努力，去试图让最终的结局，偏向于你想要的那一个呢？把一切交给命运的人，上天并不会垂青于你；自助者天助，上苍会奖赏那些努力的人。

拾月

随悟

征服世界不如征服自己

征服世界，并不伟大，一个人能征服自己，才是世界上最伟大的人。

蒙古人是人类文明史上最强大的征服者，他们试图用弓箭和铁蹄征服整个世界，打造一个"从大海到大海"的伟大帝国。他们一路向西，灭了大金、西夏、花剌子模等40多个国家，兵锋直指多瑙河。但蒙古人从未征服过自己，所谓的蒙古帝国只是一个松散的部落联盟。他们更未征服过自己的内心，即使是兵锋最盛的时候，他们也只是通过杀戮灭绝反抗者，而从未想过自己能够统治如此庞大的疆域。所以，人类有史以来最庞大的帝国，仅仅存在53年就分崩离析。即便是一定程度汉化的元朝，也只存在了97年。欲征服世界，先征服自己的内心。

随悟

做个厚道的人

厚道是一种浑然天成的、与生俱来的气质，一般是装不出来的。
世人均喜欢厚道的人，愿意交厚道的人，但很少愿做一个厚道的人。

　　人性本善，厚道也是人的一种本性，厚道是聪明的表现，是一种高尚情操的体现。厚道一定是少于言语，不搬弄是非，君子讷于言。厚道是一个人内心明白而又心存善良，以宽怀之心对待别人。厚道的人一定能沉得住气，不会为些许小事而耿耿于怀，厚道的人遇到事情能够屏气凝神，厚道的人不图回报，一切随缘。那些急功近利的人是远离厚道的。做人，厚道是基石，人们会用时间来检验一个人是否是真正的厚道之人，厚道是别人经过回味之后的赞赏。

拾
月

随悟

别让拖延害了你

想说的话拖着不说，久了自然心事重重；想做的事拖着不做，久了自然压力重重。当拖延成了习惯，疲惫不堪就成了常态。

古滇国有位驯象人，家里有两头大象。驯象人要出门一段时间，让两头大象把一堆木材搬到城池的另一边。一头大象勤勤恳恳，和驯象人在的时候一样，每天都完成一定量的工作；另一头大象却想，活又不多，时间绰绰有余，歇两天再干吧。两天之后又是两天，这头大象一直拖延到了最后一天。恐惧于驯象人的处罚，这头大象拼尽全力去搬运木材，最终被活活累死了。拖延从来不是解决事情的办法，时间就是生命，拖延其实是一种慢性自杀。别让拖延毁了你的人生，别让拖延成为你人生的桎梏。

随悟

相信创造奇迹

相信能，有可能；相信不能，一定不能。人活着，就是在活一种信念。世界上的一切都是相信的产物，除非相信否则你会一无所有。

我们都知道相信的力量，但即便是相信自己，也不是一件容易的事情。一般人的信心，时有时无，若有若无，或是时过境迁，就淡忘了，或是有求不应，就怀疑了。这是一般人的常态。没经锻炼，信心是不会坚定的。在人生的道路上，如一心追逐名利权位，就没有余暇顾及其他。也许到临终"回光返照"的时候，才感到悔惭，心有遗憾，可是已追悔莫及，只好饮恨吞声而死。一辈子锻炼灵魂的人，对自己的信念，必老而弥坚。

拾
月

随悟

起伏乃人生常态

人生的必修课是接受无常，人生的选修课是放下执着。当生命陷落的时候请记得，你必须跌到你从未经历过的谷底，才能站上你从未到达过的高峰。

面对这个总是在不断变幻的世界，你的内心必须再坚硬一些。不要被迅速改变着的世界所吓到，你所认为的无常与不该，恰恰是生命中的常态，它所带来的好与不好，无需置评。慢慢咀嚼，快快消化，也许会让你变得更加适应生活。人生的起起落落总是难免的，能够在身处低谷的时候，不忘自己的初心，即便放弃，也未尝不是一种选择。放下执念，人生就会有不同的风景，也许就能柳暗花明，找到通往目标的另一条路。

随悟

战胜寂寞，赢得成功

有人总结说："大寂寞，大成功；小寂寞，小成功；不寂寞，不成功。"寂寞的时候就是"沉"的时候，成功的时候就是"浮"的时候。有多少"沉"，就有多少"浮"。

人在寂寞中有三种状态。一是惶惶不安，茫无头绪，百事无心，一心逃出寂寞；二是渐渐习惯于寂寞，安下心来，有条不紊的生活，用读书、写作或别的事务来驱逐寂寞；三是寂寞本身成为一片诗意的土壤，一种创造的契机，诱发出关于存在、生命、自我的深邃思考和体验。你当在寂寞之中反省，在寂寞之中长进，在寂寞之中制订计划，积蓄力量，等待一场如同火山喷发一般的爆发。

拾
月

随悟

物竞天择，适者生存

道法自然，万物争辉。坚硬的树枝，容易被折断。柔软的草皮，虽被践踏，生命力却旺盛。

过刚则易折，没有谁一辈子腰板都能一直挺直，人生在世，总会有一天需要弯腰屈膝以及低头的时候，有时候那叫识时务者为俊杰，而非懦弱没用。胆小的人不会死得太快，相反的，好奇心太重的人，虽然机遇会更多，但是距离危险也更近。强势的人，不一定是强者。真正的强者，不是没有眼泪，而是含着眼泪依然奔跑。刚者易折，柔则长存。真正聪明的人，懂得怎样委曲求全，不断完善自己的个性，努力控制自己的情绪，决不会任性而为。想要成功，只能忍受，不要只做喜欢的事，而应该坚持做该做的事。

随悟

做自己的对手

　　当你拼命想完成一件事的时候，你就不再是别人的对手，或者说得更确切一些，别人就不再是你的对手了。不管是谁，只要下了这个决心，就会觉得获得了无穷的力量，视野也随之开阔了。

　　生活就是一场自己与自己的较量，你要学会积极面对，学会打败脆弱和消极，学会勇敢地面对生活中遇到的挫折，别因为害怕而放慢脚步。微笑，原谅，遗忘，然后继续向前。也不要懒惰，每天只要努力努力再努力，将自己的注意力和专注力全都放在与自己的较量上，总有一天你的努力会有回报，你会遇见更好的自己。

拾
月

317

随悟

不知为不知，是知也

对不知道的事，直接说"不知道"就是最轻松的事。

　　承认自己的无知或者无能，并不是一件很容易的事情。但在自己不擅长的领域假装自己很擅长，难免会感觉到左支右绌的劳累和疲惫。其实，坦诚自己的无知并没有什么不对，没有人生而知之，也没有人全知全能。人的这一生，本来就是个不断学习的过程。庄子说："吾生也有涯，而知也无涯。"对于自己不知道的事，如实回答就好。无知本身并不羞耻，不懂装懂反而令人耻笑。如果你已经感觉到了自己的无知，那么，花费时间和精力去学习就好。

随悟

远离外界的诱惑

人生路上充满诱惑，每一种诱惑的背后都代表着一种人生。面对诱惑，不妨淡定一些，朝自己想要的方向，看远一点，不要急于选择。在诱惑面前，你的定力如何，将直接影响你的人生。

人生有无数的岔道，在分歧的路口，多半摆着诱惑。我们常常被物质的光怪陆离耀花了眼睛。需要在漆黑的静夜想一想，想想我们与生俱来的理想，想想我们将要迈步的台阶，距我们最终的目标是近还是远？眼睛当然是有用的。但有时闭上眼睛，我们才能更好地倾听心灵的回答。

一个人只要知道自己真正想要什么，找到最适合自己的生活，一切外界的诱惑与热闹对于他就成了无关之物。你的身体尽可能在世界上奔波，你的心情尽可以在红尘中起伏，关键在于你的精神一定要有一个宁静的核心。有了这个核心你就能成为你奔波的身体和起伏的心情的主人。

拾
月

随悟

人生煎熬出风味

人生如粥，熬出至味：人生好比粥一锅，煎熬滚煮耐琢磨。宜疾宜徐看火候，酸甜苦辣自张罗。

万物守恒，生生不息，生命中没有极致的完美，只有不懈打造的行程。走向完美的过程是残酷的，经历风雨的洗礼，破茧成蝶的蜕变，验证了岁月的庄严。心境的成熟，来自于心底的一份坦然，生于俗世，随和于自然，摆脱一切固守围城所承受的煎熬，才能洒脱地活出无悔。人生中许多磨难，度过的方式多是苦苦的煎熬，熬到一部分的自己死去，熬到一部分的自己醒来。熬到脱胎换骨，恍若隔世。日久月深煎熬成了一个人的心血，我们才成为了人群中的彼此。

随悟

伟大源于担当

当一个人能足以包容所有生活的不愉快，能专注于自身的责任而不是利益时，那么他就站在了精神的最高处。

生活里所谓的努力，不是做累人的体力活儿，而是用积极乐观的态度转化所有的自私与狭隘，所有的偏见与执着。学会豁达，有些人，宽容，就无怨；有些错，原谅，就心宽；有些事，回忆，就温暖；有些景，入目，就绚烂；有些结，打开，就舒坦；有些怨，放下，就轻松。人生无悔，就是完整；生活愉快，就是完满。也许有一天，你会突然发现，这世界就是一场安好，所有的经历，都是生命的一场清澈的感知，一场幸福的经过。生命里所呈现的一切，都和你的心地一样，明媚而温和。

拾月

321

随悟

拾壹月

龙潜，
秋季走远，
初冬新临凉意寒。

未来靠眼光

> 看未来并不是靠眼睛，而是靠眼光！脚步不能到达的地方，眼光可以到达；眼光不能到达的地方，精神可以飞到。

有时候，眼光比努力更重要。春秋时代，天下四民，士农工商，商人的地位一直都很尴尬。吕不韦纵然积累了千万家资，但作为商人，终究无法跻身真正的上层圈子。但在邯郸，吕不韦见到了作为质子的异人。只一眼，吕不韦就有了"奇货可居"的结论。后来，秦异人成了秦庄襄王，吕不韦顺势成为了秦国的大贵族。在吕不韦初见秦异人的时候，秦异人只是秦王一个庶出的、不得志的、基本不可能有继承权的王孙，在敌对的赵国做质子，谁也不觉得他有继承王位的可能。只有吕不韦有这样的眼光，敢于在秦异人的身上下重注。那么，后来他能够获得那样的回报，也就不足为奇了。

随悟

天下事想做都不难

行动比资源更重要，决心比财富更重要。正如古人所说：天下事有难易乎？为之，则难者亦易矣；不为，则易者亦难矣。

俗语有云：千里之行，始于足下。通往成功的道路有很多个关键的节点，但第一个，一定是要付诸行动。停留在纸面上的计划，纵然再完美，也不会得到有益的结果；停留在言语上的决心，听起来慷慨激昂，于人生却没有任何益处。而如果你在通往成功的路上，踏出了第一步，那么即便这条路道阻且长，也终究有抵达终点的那一天。所有的事情都是知易行难，不过一旦下定决心开始做了，你会发现，所谓的艰难困苦，也就是那么一回事儿——山就在那里，越过去就是了。

随悟

拾壹月

接受一切无常

容得下生命的不完美，也经得起世事的颠簸。佛曰："接受一切无常。"

你永远也不知道，明天和意外哪个会更先来到。不过，很多人会感叹"人生无常"，但因此而选择放弃自己人生的，终究只是少数。生命具有无与伦比的包容性，容得下残缺，因为从来没有完美；容得下错误，只要还有改正的机会；容得下失败，失败没关系，下一次成功就好。从来没有人可以百分之百地把握自己的人生，但这又有什么关系呢？与其抱怨命运的无常，不如拼尽全力，把握自己可以把握的那一部分。

随悟

看见自己的力量

只要你愿意看见光、看到自己的优点与长处，看到自己的力量，而不是只顾外求，一切是由你自己决定的。宇宙会满足你想要的一切。

外观往往和事物的本身并不相符，世人都容易被表面的装饰所欺骗。没有比较，就显不出长处；没有欣赏的人，乌鸦的歌声也就和云雀一样。要是夜莺白天杂在聒噪里歌唱，人家决不以为它比鹪鹩唱得更美。多少事情因为逢到有利的环境，才能达到尽善的境界，博得一声恰当的赞赏。如果你不曾得到别人的赞赏和肯定，那也许是因为你没有站在合适的舞台上。但无论如何，你都应该记得自己的长处，学会欣赏自己，才能在曙光来临前的漫长黑夜中坚持下去。

随悟

拾壹月

想要健康，记得快乐

俄国著名心理学家巴甫洛夫说："快乐是养生的唯一秘诀。"
快乐与健康是天然相连的，所以想要健康，记得快乐！

中国人常说"笑一笑，十年少"，西方谚语则认为"开怀大笑是剂良药"。笑对健康的益处，得到了中西方医学家的普遍认可。科学家通过多次实验和调查发现，情绪可以通过神经系统进而影响各类腺体的激素分泌水平，经常笑的人也比愁眉苦脸的同龄人看上去要年轻和充满活力。所以，我们应该将笑容保持下去，用最简单的笑来赶走我们身体里的负面情绪，令我们的身体能够更加年轻、充满活力。

随悟

物质是精神之本

精神必须以物质为载体！没有物质的承载精神只是一个传说，没有精神的升华物质只是一个躯壳。

心存志远，脚踏实地。纵然思想可以在瞬间抵达千里之外，但想要真正抵达目的地，终究还是需要脚踏实地一步一步前进。精神脱离了物质的基础，不过是无根的浮萍；物质若没有精神为核心，终归只能算是一堆死物。目光当放长远，目标却还是要量力而行，根据自己的能力来决定。毕竟，等到行动的时候，终究还是要一步一个脚印。

随悟

活到老学到老

今后社会将是知识社会，知识会成为社会的关键资源，知识工作者将成为主要的劳动力。所以平时多学点东西吧。

比起用双手创造的财富，大脑的智慧才是推动社会变革的主要力量。虽然劳动无分高下，劳动者不分贵贱，但不同的工作能够创造的价值，显然还是有区别的。即便在相同的领域，劳力者与劳心者所能创造的价值也是有区别的。面朝黄土背朝天的传统中国农民，一年辛苦耕作产出的粮食，只能养活四个人；但在现代化、机械化、规模化的美国农业，一名受过高等教育，操纵着各式农业机械的农业从业者，却能够养活上百人；到了袁隆平这个层次呢？杂交水稻为我国粮食供给做出了多少的贡献？知识经济时代，你当不断学习，才能创造更大的价值，才能不被这个飞速发展的社会抛弃。

随悟

内心调和，一切安好

修炼就是要调和自己的心。内心若不调和，说出来的话就会伤人，言行举动就不和谐，身体细胞也就不和谐。内心调和，便一切安好。

所谓修炼，其实就是修心炼心。没有谁生来就有一颗九窍玲珑心，一切的智慧和透彻，都是后天雕琢的成果。真正成熟的人，可以控制好自己的情绪，即便做不到"不以物喜，不以己悲"的境界，也能让自己不因为一些小事而大悲大喜。真正成熟的人，知道言语的力量，开口之前先三思，说话不会不经大脑；更懂得在什么场合、遇见什么人，讲什么话。真正成熟的人，懂得如何调和自己的内心，让自己的心灵更加强大。

随悟

谨言慎行是一种品质

所谓的"慎独"，就是在别人看不见的时候，能慎重行事；在别人听不见的时候，依旧保持清醒。

有人把人比作变色龙，在不同的场合，戴上不同的面具，扮演不同的角色，会见不同的人，说不同的话，做不同的事。我们总是尽可能地迎合环境，迎合别人，在这个过程之中，不惜改变自己。在灯红酒绿的喧嚣中放纵自己，在庄严肃穆的场合假装郑重其事。随波逐流，没有自己的坚持。但还有一种人是不同的，不管在人前人后，他们都以同样的标准要求自己。在古代，这样的人被称为"君子"。我们未必要成为古之君子，但在物欲横流的世界中，保留一份自己的坚持，便是一种精神上的高贵。

随悟

多从自身找原因

人们常说："我没问题，是我所处的环境有问题，所以只需改变环境，问题就可以解决。"但是，当我们自身就存在问题时，仅仅改变环境是没用的。因为那样，我们走到哪里，就会将问题带到哪里。

在遇到问题或者犯下错误的时候，相比起从自己的身上找原因，多数人更擅长从外部找借口。很多人以为是环境的问题导致了他们的失败，只要换一个环境，成功就是水到渠成的事情。但这些人通常没有料到，问题还在他们自己的身上。即便是换了一个环境，也只不过是把污染源换了一个环境，又怎么能保证在新的环境下，就能获得成功呢？何况，在大多数的情况下，我们并不能左右环境，我们能够改变的，只有我们自己而已。

随悟

生命没有等出来的辉煌

有目标的人睡不着，没目标的人睡不醒。生命只有走出来的精彩，没有等待出来的辉煌。

每个人的每一天都只有 24 小时，但这 24 个小时，有的人分秒必争，唯恐不够用，还总是压缩自己的睡眠时间；有的人却无所事事，把时间花在对人生无益的事情上，甚至是在发呆之中，浪费自己的生命。原因何在？有目标的人，知道自己在走一条怎样的路，路的尽头通往何方，在终点处自己会有怎样的收获。而没有目标的人，就如同在一片看不见边际的荒原上四处游荡到处乱撞，没有方向，对前路迷茫。然而成功从来不是等等就能等到的，唯奋斗者得功名；而活得醉生梦死浑浑噩噩的人，又如何奢求会有一个光明辉煌的未来？

随悟

学会做事，学会做人

有钱，把事做好；没钱，把人做好，这就是人生！既会做人，又会做事的人，迟早会成为人上人！

总有些初出茅庐没在社会上摸爬滚打过的年轻人，觉得成功是一件轻而易举的事情。他们的头脑中装满了不切实际的奇思妙想，却没有一份可以落在纸面上的实施计划。平常跟人能口若悬河鼓吹自己的梦想，被问及要如何实现自己的梦想的时候，却又左支右绌哑口无言。他们总觉得，自己差的只是一阵东风，缺的只是一笔启动资金。但他们从没有想过，在做一件事情之前，要先做好生而为人的本分。打磨自己、修炼自己、战胜自己、超越自己……做更好的自己，自然能在机遇到来的时候把握住，乘风而起。

拾壹月

随悟

335

明确自己想要什么

目标的坚定是性格中最必要的力量源泉之一，也是成功的利器之一。没有它，天才也会在矛盾无定的迷径中徒劳无功。

盲目者总是在做无用功，纵然跑得飞快，却难免南辕北辙，跑得越快，反而离目标越远；智者早早确定了目标，剩下的便是无论路途荆棘坎坷有多漫长，向着既定的目标，一步一步坚定前行。向着正确的方向、走在正确的路上，无论有多慢，总有抵达目的地的那一天。有时候，一个明确且坚定的目标，抵得上一半的努力。

随悟

多一份坚持

有些人在激烈竞争的汹涛骇浪中被卷走，从此一蹶不振；有些人却迎着风口、踏上浪尖，上了岸，他们成功了。因为他们多了一份坚持。风口浪尖对于他们来说不是绊脚石，而是垫高自己的基石。

优秀的船长会避开风暴，但最好的船长会迎接风暴。大航海时代，风帆动力的船想要跑多快，取决于风速有多快。但并不是所有的风都可以被利用，而能被利用的风，通常风力又不够大。所以大部分时间，海上的航行都是相当漫长的。而说起风速和风力，最容易让人联想到的，就是暴风。不过在大海之上，风暴通常都意味着沉船和死亡。优秀的船长能够提早发现酝酿中的风暴，调整航线以避其风险。但还有一部分艺高人胆大的船长，会在风暴的边缘，借助比平时更快的风，以更快的速度航行。无论何时何地，卓越者从不畏惧危机，危险之中也藏着你想要的机遇。

随悟

拾
壹
月

人人得利，天下大利

于己有利而于人无利者，小商也！于己有利而于人亦有利，大商也！于人有利，于己无利者，非商也！损人之利以利己之利者，奸商也！

相传，清乾隆年间，南昌城有一点心店店主李沙庚，以货真价实赢得顾客满门，但其赚钱后便掺杂使假，对顾客也怠慢起来，生意日渐冷落。一日，书画名家郑板桥来店进餐，李恳请郑题写"李沙庚点心店"以作店名。郑欣然题写，只是"心"字少写了"一点"。李顿悟，才知经营人心的重要。从此以后，痛改前非，又一次赢得了人心，赢得了市场。做生意，要利人利己，才能把生意做大做强；做人呢，也要利人利己，才能赢得口碑，得到信赖。

随悟

人间至乐：顺时而过

西北风袭百草衰，几番寒起一阳来。白天最是时光短，却见金梅竞艳开。

古人认为自冬至起，白昼一天比一天长，阳气回升，天地阳气开始兴做渐强，代表下一个循环开始，是大吉之日。冬至，是我国农历中一个非常重要的节气，也是一个传统节日，至今仍有不少地方有过冬至节的习俗。冬至俗称"冬节""长至节""亚岁"等。冬至来临了，那么离过年也不远了，家人团聚的日子又近了，所以我们应该要养足身体，保养好自己的身体，在更好的岁月里和家人在一起，把家建设好，团团圆圆，和和睦睦，家庭幸福。

随悟

拾壹月

信心是成功的第一步

在真实的生命里，每桩伟业都由信心开始，并由信心跨出第一步。

刘备的内心一直藏着一个秘密，自己是汉景帝之子中山靖王刘胜的后人，到他这一代却败落到如此地步，实在不好意思说出去。刘母把这个秘密告诉了卢植，卢植却鼓励刘备把这个秘密说出去，正好可以勉励自己知耻而后勇，把耻辱转化成巨大的动力，再大的困难都能克服。从此以后，刘备介绍自己，都自信满满，声如洪钟，"我乃中山靖王刘胜之后"，无论别人投来怎样的目光，刘备的内心都坚如磐石，内心强大了，自身就强大了。卢植绝对是个好老师，培养人的自信是多么重要，多少人都曾经拥有过宏伟的理想，但却因为自信不足，宏伟的理想刚刚萌动就胎死腹中。自信是事业成功的前提，没有自信就什么事情干不了，不自信的人总能给自己的失败找到懊悔的理由。

随悟

有志者事竟成

志存高远，有志者自有千计万计，无知者只感千难万难。

有一次，刘秀派耿合去攻打占据山东青州十二郡的豪强张步。张步兵强马壮，是耿合的一个劲敌。张步听说耿合率兵来攻，就派大将军费邑等分兵把守历下、祝阿、临淄，准备迎击。

耿合先攻下祝阿，以后用计相继攻下历下和临淄。张步着急起来，亲自带兵反攻临淄，于是在临淄城外进行了一场生死血战。战斗中，耿合大腿中了一箭，可是他勇敢地用佩刀砍断箭杆，带伤仍坚持战斗，终于大败张步。

几天后，刘秀夸奖耿合说："过去韩信破历下开创基业，现在将军攻克祝阿，连战连捷，两功相仿，从前你在南阳曾建议请求平定张步，我当时以为你口气太大，恐怕难以成功，如今才知道，有志者事竟成啊！"

随悟

知识可转化为力量

知识仅仅是潜在的力量，只有把知识融汇到确定的行动计划中，它才能转化成为力量。

齐国人田仲，自命清高，不愿与达官贵人为伍而隐居乡间，认为这样做是十分明智的。

宋国人屈谷去见他，对他说："我是个庄稼人，没有什么别的本事，只会干农活，特别是在种葫芦上很有方法。现在，我有一个大葫芦。它不仅坚硬得像石头一般，而且皮非常厚，以至于葫芦里面没有空隙。这是我特意留下来的一只大葫芦，我想把它送给您。"

田仲听后，对屈谷说："葫芦嫩的时候可以吃，老得不能吃的时候，它最大的用途就是盛放东西。而你的这个葫芦既不能装物，也不能盛酒，我要它有什么用处呢？"

屈谷说："先生说得对极了，我马上把它扔掉。不过先生是否考虑过这样一个问题，您虽然不仰仗别人而活着，但是您隐居在此，空有满脑子的学问和浑身的本领，却对国家没有一点用处，您同我们刚才说的那个葫芦不是一样吗？"

随悟

成功的道路是曲折的

在人生中只有曲线前进的快乐，没有直线上升的成功。只有珍惜今天，才会有美好的明天；只有把握住今天，才会有更辉煌的明天！

1871 年春天，一个年轻人拿起了一本书，读到了对他前途有莫大影响的一句话："最重要的就是不要去看远方模糊的，而是做手边清楚的事。"

他是蒙特瑞综合医科的学生，生活中充满了忧虑，担心通不过考试，不知道自己该做些什么事情，怎样才能开创事业，怎样才能生活。

然而，这位年轻的医科学生自从看到那一句话后，彻底改变了自己的命运，最终成为一代名医。他创建了全世界知名的约翰霍普金斯学院，成为牛津大学医学院的讲座教授——这是学医的人所能得到的最高荣誉，他还被英国国王册封为爵士。他死后，需要两大卷书——达 1460 页，才能记述他的一生，他的名字叫做威廉·奥斯勒。

他曾说："你有的是今天——忘掉过去，把自己的过去埋葬掉；并且将明日紧紧地关在门外——未来就在于今天，没有明天这个东西的，养成一个好习惯，走进完全独立的今天。"

拾壹月

随悟

仰望星空，更要脚踏实地

> 风帆，不挂上桅杆，是一块无用的布；信仰，不付诸行动，是虚无缥缈的雾。

温家宝总理如此回应钱学森之问："我们要仰望星空，同时更要脚踏实地。"有无数的人梦想着有诗歌，有远方，可以像三毛一样在撒哈拉沙漠上漫步，可以像金星一样让舞步在世界各地轻扬。可是有谁记得当年那个从早到晚趴在书桌上的佝偻身影，有谁在意那双玉足布满的伤痕新了旧了来来回回多少次。不去行动，所谓理想，终究只能是美人如画隔云端。你不敢尝试，因为你害怕失败，害怕自己努力了也成功不了，甚至你连失败的风险都承担不起！活在别人的梦里，有一天梦醒了，你的人生却要长眠了。

随悟

身安不如心安

身安，不如心安；屋宽，不如心宽。以自然之道，养自然之身；以喜悦之身，养喜悦之神。

顺其自然，心安理得，心若旁骛，淡看人生，心态积极，有所求而有所不求，有所为而有所不为，心安，便是活着的最美好状态。

不要期待，不要假想，不要强求，顺其自然，如果注定，定会发生。

世事沧桑，内心无恙。人生，说到底，活的是心情。活得累，是因为能左右你心情的东西太多。

天气变化，人情冷暖。看淡了，天无非阴晴，人不过聚散，地只是高低。

沧海桑田，我心不惊，自然安稳，随缘自在，不悲不喜，便是晴天。

拾
壹
月

随悟

精彩的人生难免曲折

在漫长的人生旅途中，生活如果一直都顺利，就会如同白开水一样平淡无味。只有酸甜苦辣咸五味俱全才是生活的全部，只有悲喜哀痛七情六欲全部经历了的人生才算是完整的人生。

这是一个人一生的简历：

1818 年（9 岁），母亲去世。

1831 年（22 岁），经商失败。

1832 年（23 岁），竞选州议员落选。同年，工作丢了。想就读法学院，但未获入学资格。

1835 年（26 岁），即将结婚时，未婚妻死了。

1836 年（27 岁），精神崩溃，卧病在床六个月。

1843 年（34 岁），参加国会大选，落选。

1846 年（37 岁），再次参加国会大选，终于当选。

1848 年（39 岁），寻求国会议员连任，失败。

1854 年（45 岁），竞选美国参议员，落选。

1856 年（47 岁），争取副总统提名，得票不足 100 张。

1860 年（51 岁），当选美国总统，成为美国历史上最伟大的总统之一。

这个人就是林肯。生下来就一无所有的林肯，终其一生都在面对挫败，他曾经绝望至极，但从没放弃人生这场比赛。

随悟

心定则万物定

定自己，才能定天下。人定，就会心定；心定，就会身定；身定，自然神定。然后一切都能确定。

心定则万物定，所以遇事不可心乱，心乱则万事乱。不要被情事所困扰，情事是生活的点缀而不是全部。不要畏惧将来，将来总是要来的，不要对过去的事念念不忘。这样，一切就会安好。做什么事情，都是定下一个目标不怀疑不动摇，然后付诸行动坚持不懈，最终就能达成目标。信心、决心和行动力，几乎决定了大部分事情的成败。信心左右想法，想法左右话语，话语左右行动，行动左右习惯，习惯左右价值，价值左右命运。

随悟

拾壹月

放下才能拿起

放下压力，放下烦恼，放下狭隘，放下懒散，放下自卑，放下冲动，放下骄傲；拿起力量，拿起信念，拿起豪迈，拿起自信，拿起稳重，拿起虚心！

人生不是赢在获取，而是赢在放下。放下一粒种子，收获一棵大树；放下一处烦恼，收获一个惊喜；放下一种偏见，获一种幸福；放下一种执着，收获一种自在。舍不得放下的获取如同手拿滚烫的山芋，烫伤的是自己。放下，是勇气，更是智慧。一念放下，万般自在。人生，赢就赢在敢于放下。放下你的浮躁，放下你的懒惰，放下你的三分钟热度，放空你禁不住诱惑的大脑，放开你容易被任何事物吸引的眼睛，放淡你什么都想聊两句八卦的嘴巴，静下心来好好做你该做的事，好好努力！

随悟

品德比才干更重要

胡雪岩七句箴言：读书如果不明白道理，等于白读；看一个孩子，是看他的品德，不是看他的才干；一个人品德基础良好，一生会很稳固；家庭教育决定了一个人的基本修养；信用是人的第二性命；机会是持续发展的；不求人，格自高。

为什么我们学过许多道理，却依然过不好这一生？因为我们只是知道这些道理，却从来没有想过将其作为准绳，规范自己的言行。在我们小时候，父母以实际的行动告诉我们，"万般皆下品，唯有读书高"，很多教师也一样以成绩而非品行衡量学生的优劣。但善良的人天照顾，他们的一生往往会很顺利。至少在中国的教育体系之中，决定孩子基本修养的，更多是家庭教育而非学校教育。那些拥有良好氛围的家庭，未必富裕，却一定和睦。在这样子的家庭出生的孩子，往往懂得守信，也懂得取信于人的重要性。在往后的成长中，他们的善良、家教和修养，会让他们遇见更多优秀的人，获得更多更好的机遇，更容易接近成功。但即便如此，他们也知道，唯有不求人，才能拥有更高的品格。

随悟

拾壹月

知所先后，则近道矣

做人，人品为先，才能为次；做事，明理为先，勤奋为次。人生要学会不抱怨，不等待，不盲从，不燥进。

做事和做人一样，都是宁可把小事做好，而不要相信空谈高论。小事看人品，大事看人格，生活看习惯。成功不相信好高骛远，一样要从小事做起。只需要做，不需要说。稻盛和夫选择合作伙伴主要看人品，他认为，人品就是指那人是利己的部分强，还是利他的部分强。我们与人交谈，或相处一段时间，他的人品就会表现出来，我们就会明白他是一个什么样的人。在挑选公司继承人时，稻盛和夫更是把焦点放在人品上，比能力、功绩更重要的是人品，这是选人的关键。

随悟

感恩的心离财富最近

有敬畏之心才会有感恩之心。有所畏惧，是做人最基本的准则。所谓快乐，不是财富多而是欲望少。

我们要始终保持敬畏之心，对时光，对美，对痛楚。仿佛我们的活，也只是春天里一棵洁白花树的简单生涯。不管是竭力盛放，还是静默颓败，都如此甘愿和珍重。常怀感恩之心、怜悯之心，感恩社会感恩父母感恩朋友，多帮助身边的人，学会尊重，人格平等，无论乞丐还是富豪。人有感恩之心是福慧增上的标志。因为，既然生命中所有的人事都对我有恩，那么，生活中的烦恼就会被淡化，人我间的是非就会被消除。所以，如果学会感恩，在生活中时时刻刻、事事处处都有感恩的心，都自觉地感恩，那么，我们的心态会非常的平和，我们的心胸也将逐渐开阔，一切矛盾与分别都自然消融在感恩的心态中。如此，我们的心将在感恩中渐次圆满。

随悟

拾壹月

生活不容易，且行且珍惜

生很容易，活很容易，生活却不容易。不容易的生活里，你要努力，才能让自己的将来变得容易。

成年人的生活里，没有"容易"二字。所有的人都在努力，不是只有你一人满腹委屈。

长得丑的水果，都会努力让自己甜一点。没有人能打败你，除非你不想赢。如果不努力，软弱给谁看？

你经历的苦难都是在攒人品，总有一天人品会爆发的。

你可以迷茫，但不要虚度。努力到无能为力，拼搏到感动自己。这世上所有不幸的事，都是因为当事者能力不足造成的。

你要相信，你配得上这个世界上所有的美好。总有一天，你会笑着说出那些曾经让你流泪的往事。

如果事与愿违，那一定是上天另有安排。愿你走出半生，归来仍是少年。

随悟

不知为不知

无知不算罪过，求知便是超卓。人非生而知之者，不知道不是过错。比不知道更可怕的是，不知道自己不知道。

世界著名物理学家、诺贝尔物理学奖得主，美籍华人丁肇中在接受中央电视台《东方之子》采访时，对很多问题都表示"不知道"。

据说他在为南航师生做学术报告时，面对同学提问又是"三问三不知"：

"您觉得人类在太空能找到暗物质和反物质吗？"

"不知道。"

"您觉得您从事的科学实验有什么经济价值吗？"

"不知道。"

"您能不能谈谈物理学未来 20 年的发展方向？"

"不知道。"

三问三不知，这让在场的所有同学意外，但不久就赢得全场热烈的掌声。也许，一些人在说"不知道"时往往被看作是孤陋寡闻和无知的表现，但丁先生的"不知道"却体现着一种做人的谦逊和科学家治学的严谨态度，不禁令人肃然起敬。

拾壹月

随悟

拾贰月

清祀，
深冬已至，
银装素裹雪纷飞。

信任，看做不看说

所谓信任，不是看你怎么说，而是看你怎么做。不要去欺骗别人，因为你能骗到的人，都是相信你的人。

除了心有灵犀的天生默契，人与人之间多数的信任，都建立在一次次兑现的承诺上。或许第一次，怎么说比怎么做重要；但从第二次起，怎么做比怎么说更重要。有个老朋友有两个儿子，他很苦恼，将来公司交给哪一个经营。大儿子讷于言而敏于行，就怕商场上吃亏；小儿子却相反，从小说话讨人喜欢，就是不够稳重。想了想，老朋友决定让他们各带一组人，用成绩说话。第一年成绩都不理想，吃年夜饭的时候，小儿子给自己开脱，大儿子在讲明年打算怎么做。老朋友心里有点数了，果然，第二年，老大带的这组人业绩出色，而老二组里都换了新面孔，连人心都散了。

随悟

生命是一个奋进的过程

　　世界不止一扇门，当上帝为你关上所有的门时，它还会为你留下一扇窗。我不知道每个人的内心世界有多大，但我知道"海阔凭鱼跃，天高任鸟飞"，我知道"贵珠出于贱蚌"，我知道"无压抑，生命便无飞跃"。我们成长的历史，便是心灵跋涉的历史。顺境时，宠辱不惊；逆境时，坦然面对。

　　听音乐，有一聋一哑一瞎，聋子是大家耳熟能详的贝多芬，哑巴是"小提琴魔术师"帕格尼尼，瞎子是《二泉映月》的那个阿炳。我很欣赏贝多芬的一句话："扼住命运的咽喉"。当一个人相信宿命无法改变，他就注定被命运的网死死缠住，再没办法挣脱。但这是谁织的网？还不是他自己？每个人都该有破茧成蝶的勇气，只要别放弃，苦难终究会被终结。而在经历过苦难以后，你会被炼成钢铁。

随悟

拾贰月

357

抱怨是种无用功

永远不要埋怨已经发生的事情，要么改变它，要么安静地接受它。
一个人的成败，与他的心量有很大关系。

东汉年间，有个叫孟敏的山东人，客居太原。有一次，他
背着个大瓦罐走在路上，一不小心，瓦罐掉地上，碎了。结果，
孟敏头也不回继续走。就算你不伤心一下，不懊悔一下，起码
也会回头看看不是？路人见状，上前寻问原因。孟敏回答说：
"甄已经破了，看它有什么用？"路人觉得这小子不一般，就
劝他去读书、去游学。这个路人叫郭林宗，是当时的名士；而
这个堕甄不顾的孟敏，后来位列三公。别让沉没成本，影响了你。

随悟

专注创造成功

专注自己的事：集中精力创造自己想要的生活，不要太在乎别人的所言所行，甚至流言或谩骂。对此不必做任何评判，因为每个人都有各自的活法。

哪怕做得再好，你也不能让所有人满意，因为每一个人，都有不同的立场，有不同的评判标准。所以与其为了让别人满意而顾此失彼，倒不如做好你自己。每个人都有自己的活法，每个人都该为自己而活，想要做出一番事业的人更应该如此。一手缔造了英特尔乃至整个硅谷，拯救了美国电子行业的安迪·葛洛夫（Andy Grove）在1996年出版了一本书：《只有偏执狂才能生存》，纵观20世纪后半叶至今，计算机和互联网行业内，充斥着"暴君"、"狂徒"和"偏执狂"，但正是这些固执己见不被人左右的人，带领我们在这个全新的领域狂飙突进。

随悟

拾
贰
月

359

玉不琢，不成器

最精美的宝石，受匠人琢磨的时间最长。最贵重的雕刻，受凿的打击最多。

深山中开采出两方青石，一方凿成了条石，砌成台阶，被进进出出的香客一遍遍踩踏；一方雕成了佛像，供在庙里，受到万千人的顶礼膜拜。做台阶的青石不忿："你我都是一样的石头，凭什么人家踩我却拜你？"石佛慈眉善目："你被凿了300下，就能做规规整整的石阶；而我成佛，刀劈斧凿30000下，才有如今的模样。"玉不琢不成器，没经历过千磨万击，哪里能剥去石皮、去掉瑕疵，变成价值连城的美玉？

随悟

极致方能成功

思想如钻子，必须集中在一个点上钻下去才有力量。互联网时代，必须在一个领域做到极致，你才有可能成功。

在老洛克菲勒还是个年轻人的时候，那时候的美国才刚刚发现石油。有对兄弟买了两块毗邻的地，据说有很大的概率出石油。但一个多礼拜过去了，兄弟俩并没有在这片土地上钻出油井。弟弟换了个地方重新钻探，而哥哥依然在之前推测最可能出石油的地方继续打孔。那时候的石油都是浅层石油，哥哥早就钻破了该出油的岩层，却依旧没有出油。但在弟弟放弃这片土地，回到弗吉尼亚经营种植园后，哥哥终于钻出了一口自喷井，这是一口当时很少见的深油井。认准了一个方向，就朝着这个方向努力，轻而易举就放弃了，怎么能收获成功？

随悟

拾
贰
月

人生知易行难

人生目标确定容易实现难，但是如果不行动，那连实现的可能也不会有。本来没有希望的事，大胆尝试，往往就能成功。

王健林刚讲"一个亿的小目标"时，谁都在用这句话调侃。但认认真真决定静下心、拼尽全力去挣这一个亿的人有多少？大多数人都觉得，自己一辈子也没可能挣到一个亿，所以所谓的"小目标"也只是说说而已。但换而言之，对于这些人来说，他们已经下意识地否定了自己，亲手掐断了自己挣这一个亿的可能。有一句歌词："我不怕千万人阻挡，只怕自己投降。"在追寻梦想的道路上，最大的敌人，恰恰就是自己。

做不一样的自己

362

随悟

努力到无能为力

努力的终点是无能为力，拼搏的标准是感动自己。任何伟大的作品不是靠力量，而是靠坚持来完成的。

没试过榨干最后一丝力气，就别说自己已经尽力。疲惫的肌肉纤维会一根根断掉，但愈合之后，会变得更加有力。跑马拉松，后半程全靠坚持。你要战胜肌肉酸痛，战胜自己心中小声念叨的"放弃"；跑马拉松，最大的快感不在于你超过了多少个对手，把多少人甩在了后面，而是你的坚持战胜了你自己。你可以告诉自己，每多跑一步，都意味着，你超越了上一秒钟的自己。

随悟

拾
貳
月

守得云开见月明

再黑的深夜也会迎来黎明，再长的坎坷也会出现平路，怀抱着一棵永不放弃的希望之心，明天就会看到温暖的阳光雨露。

地球上夜最漫长的，是南极和北极的极点，但在长达半年的极夜过后，便能迎来长达半年的极昼。

北美有一种蝉，要在地下深埋 17 年方能羽化，换得一个月在枝头的引吭高歌。

非洲肺鱼在干旱来临之前，把自己埋藏在淤泥之中，等待下一个滋润万物的雨季。

总是要熬过黑夜，才能看见熹微的晨光；总是要经历过万籁俱寂，才听得见最美的蝉鸣；总是要熬过别人活不下去的苦难，才能看见人生不同于以往的光芒。

随悟

不问来路问去处

你来自何处并不重要，重要的是你要去往何方，人生最重要的不是所站的位置，而是所去的方向。

看人要看将来，做人要做当下。今日种下因，会在明日结出对应的果。你如今的光鲜和辉煌，只是你过去的成就和勋章，而所有的这些代表的都只是过往。如果沉浸在过去的辉煌之中，你的明天将一无所获。

找准自己的方向，然后找一条路走下去，如果没有路，就自己踩出一条路。别管你这一路上会遇见什么、错过什么、得到什么、失去什么。你走过的每一步，都是值得被赞颂的旅程。

随悟

拾贰月

看开才有好心态

　　其实正能量的人，未必真的比负能量的人过得好，他们只是看得开心态好。他们也许面临过很多困难，经历过很多不堪，是世事和自身造就了元气满满的正能量。

　　看开些吧，生活并不会因为你的不如意而放弃折磨你，命运不会因为你的不幸而选择放过你。你越是懦弱、越是求饶，苦难就越是如影随形地跟着你；你越是勇敢、越是不屈，就越有可能战胜伴随着你的苦难，强大自己的身心。即便是相同的境遇，笑着面对的人，也总比哭丧着脸的人，更值得钦佩，更值得被赞赏。

随悟

败也坦然，胜亦淡然

尘间有两苦，一是得不到之苦，二是钟情之苦。在你付诸努力的前提下，所有的、想得到的都当作一场赌。胜之坦然，败之淡然。

童年时，觉得长大了就可以得到自由。念书时，觉得毕业了就可以得到金钱。工作时，觉得退休了就可以得到时间。当得到了自由、金钱、时间，却发现，遗失了单纯的快乐、无虑的青春、充实的生活。成长，未必让你得到想得到的，却总会让你失去不想失去的。任何一种拥有，背后都含着隐隐的疼痛。淡然是千帆过后的懂得，是一种至高的生活境界，是对岁月静好的一种期许。风轻云淡，云卷云舒是淡然；心素如简，人淡如菊是淡然；兰居幽谷，虽孤独亦芬芳是淡然；梅开偏隅，随寂寞亦留香也是一种淡然。淡然可以是夜的静美，雪的轻盈，雨的飘逸，是一份独处的美丽。越是淡然越接近自然，淡然是禅意中开出的花朵。

随悟

拾贰月

记忆是人生的节点

人这一辈子，不是活过了多少日子，而是记住了多少日子。每一个被你记住的日子，都将成为生命里不可复制的那一天。

加西亚·马尔克斯在《活着为了讲述》一书中说："生活不是我们活过的日子，而是我们记住的日子，我们为了讲述而在记忆中重现的日子。"而在他最为人熟知的《百年孤独》中则提到："人生重要的事情不是我们遭遇了什么，而是我们记住了那些事，如何铭记。"我们注定无法记住所有事情，只有真正重要的，才能停留在记忆中。让我们记住走过的岁月，记住爱，记住时光。

随悟

恶语伤人最愚蠢

看别人不顺眼，是自己修养不够。人愤怒的那一个瞬间，智商是零，过一分钟后恢复正常。人的优雅关键在于控制自己的情绪，用嘴伤害人，是最愚蠢的一种行为。

修养是怎么来的？就是在面对一切挑衅时压抑自己爆发的念头，然后开导自己得来的。根植于内心的修养，是无需提醒的自觉，是以约束为前提的自由，是为别人着想的善良。做自己的冷眼旁观者和批评者，这是一种修养，它可以使我们保持清醒，避免落入自命不凡或者顾影自怜的可笑复可悲的境地。如要锻炼一个能做大事的人，必定要叫他吃苦受累，百不称心，才能养成坚忍的性格。一个人经过不同程度的锻炼，就能获得不同程度的修养，不同程度的效益。好比香料，捣得愈碎，磨得愈细，香得愈浓烈。

随悟

就看你要做哪一种人

积极思考造就积极人生，消极思考造成消极人生。积极的人在每一次忧患中都看到一个机会，而消极的人则在每个机会中都看到某种忧患。

沙漠风暴之后，两个旅人和驼队走散。他们走了半天，遇到一匹骆驼，骆驼的背上有一个剩下一半的水囊。悲观者说："真是糟糕，只有一半了。"乐观者说："嘿，在这之前我们可是一无所有啊！"他们遇到一小片绿洲，悲观者说："真是糟糕，水塘已经干了。"乐观者说："嘿，我们还有仙人掌啊！"他们看到一块孤零零的路牌，距离沙漠边的小镇还有80公里，可他们已经没有水、没有食物、也没有多少力气了。悲观者选择留下，等待死亡到来前的宁静。乐观者也留下了，有路牌的地方就是固定的商道，他相信，会有商队经过的。态度，决定你看问题的角度。

随悟

生气不如争气

生气不如争气。愚蠢的人只会生气，聪明的人懂得去争气。人生不如意之事十有八九，学着莫生气，就是人生另一个境界。学着不生气，少生气，是一种成熟，也是一种智慧。

同乡一位远方的堂弟，早年在工厂中担任一个技术岗位的小领导，受到厂长器重，可谓前途似锦。但没过多久，老领导退休，新厂长上任，这位堂弟被有意无意地排挤，颇有种"一朝天子一朝臣"的意味。堂弟有些不忿，在家里聚会的时候跟我们抱怨这个领导不懂技术瞎指点，昏庸无能不识贤。我劝解他，生气不如争气，与其单单只是气愤自己被不公正对待，倒不如潜心提高自己，等待一飞冲天的机遇，又或者另谋高就也行。堂弟接受了我的意见，买了些相关的书籍提升自己的技术，成了厂子里不可替代的技术骨干，上面的人看他不顺眼也无可奈何。后来受限于大环境，厂子整体收益下降，逐渐连年亏损。转制的时候无人接手，这位堂弟便筹了些钱将这厂盘了下来，逐渐做大做强。生气是一种于你身体、于你人生全都无益的事情。学会控制自己、不生气，便是一种成熟，是一种难得的人生智慧。

随悟

拾贰月

371

条条大路通罗马

> 人生做好三件事：一是知道如何选择，找一条适合自己的路，别左顾右盼，莫贪多求快；二是明白如何坚持，勿随意盲从，坚守这一刻，才能看到下一刻风景；三是懂得如何放弃，属于你的终究有限，放弃繁星，才能收获黎明。

人生是一张单程票，无法回头，但是可以转弯。直道永远不如弯道来得刺激，人生中最让你感到幸福的，不一定是笔直的通天大道，而是弯弯曲曲的却充满风景的地方。既然知道不是一条大路通罗马，那么改变不了的事情为什么要去纠结。选择每一条弯路，接受每一条弯路，把每一个转弯变成人生中的一道风景和值得珍藏的财富。看到前面没有路可走的时候，并不意味着已经到了路的尽头，而是在告诉你你该转弯了。路可以转弯，下一个路口或许柳暗花明；思想也可以转弯，下一次成功或许就在你看不到的转角。

随悟

处世谋略，低调做人

低调做人无论在官场、商场还是政治军事斗争中都是一种进可攻、退可守，看似平淡，实则高深的处世谋略。高调做事是一种责任，一种气魄，一种精益求精的风格，一种执着追求的精神。所做的事哪怕是细小、单调的事，也要代表自己的最高水平，体现自己的最好风格，并在做事中提高素质与能力。

低调做人，高调做事。做人当如水，做事当如山。水往低处流，山往高处走。低调做人，高调做事，人生方能趋于圆满。低调做人，即谦逊、稳重、踏实、隐忍、坚毅；高调做事，即积极、上进、雷厉风行、不拘小节。低调做人，塑造的是人品；高调做事，练就的是能力。品学兼优的人生，才是"优等生"。左右逢源的人和谁看起来都很好，但是谁也不跟他真正好。低调的人，跟谁也疏疏落落的，但每个人心底里都装着他；左右逢源的人，需要周旋于各种复杂，于是自己变得很复杂，人一复杂就疲惫。低调的人，只需静对自我的世界就好了，活得简单，就会很快乐。总而言之，复杂永远拼不过简单。

随悟

拾贰月

信心指明道路

信心源于明确的目标、周详的计划和积极的行动。它不能直接给你需要的东西，却能告诉你如何去得到。

有人说目标向上看就是信仰，向下看是意识；向远看是志向，向近看是计划；向外看是抱负，向上看是责任。这就是说，任何伟大的目标，没有植入你的内心或没有成为切实可行的计划及责任之前，都是一种空想，只能画饼充饥，毫无现实意义。只有靠现实的行动，才能实现自己的目标。不能变成目标和计划的梦想，就是幻想！你如果不为你的梦想付出行动，再好的梦想也会变成幻想！有计划，有落实，我们才能不言败。重要的是用实际行动来落实计划。流了汗水，才会有收获。抓住今天，从现在做起，才能向目标切实迈进。

随悟

公司只为结果买单

不要给我讲你没功劳也有苦劳，只有苦劳没有功劳，功劳就是白劳。世上并没有用来鼓励工作努力的赏赐，所有的赏赐都只是被用来奖励工作成果的。

果园里有两棵果树，一棵总是很努力地让花开满了枝丫，只是花落之后，结出的果实寥寥无几；另一颗果树开出的花儿并不多，但每一朵花凋零之后，总有一颗渐渐长大的果实留下。果农要砍了那棵只开花不结果的树，那棵树说："我很努力地开花了呀！"但果农说："你是棵果树，我要的是结果。"最怕一生碌碌无为，还安慰自己平凡可贵。不以成败论英雄？可惜现实是唯结果论。

随悟

勇面困难，坚持到底

　　世界是平衡的，生活给了一个人多少磨难，日后必会还给你多少幸运。忠于自己、忠于自己的内心，带上微笑接受生命中的一切。

　　乐观点，当你诸事不顺的时候，你该告诉自己，这是上天给你的磨难。天将降大任于斯人也，必先苦其心志，劳其筋骨，饿其体肤，空乏其身，行拂乱其所为，所以动心忍性，增益其所不能。当你历经艰辛越过山丘，山的那一面，命运已经准备好了给勇敢面对厄运者的礼物。黑夜如果不黑暗，美梦又何必向往？破晓，会是坚持的人，最后获得的奖赏。

随悟

德不配位，必有灾殃

　　不想认命，就要拼命！付出就会有收获，或大或小，或迟或早，始终不会辜负你的努力！有一种落差是，你总是羡慕别人的成功，自己却不敢开始！那是因为你配不上自己的野心，同时也辜负了你所受的苦难。

　　结局总是自己写的，与其认命不如拼命。我们从出生起，就在不停地重复着付出和收获的过程，在这个过程中，逐渐形成了两种人。一种人通过辛苦地付出收获成功，长此以往，越来越愿意努力，越来越成功，所以他的世界是乐观的；另一种人想要成功，却又懒惰于付出，只能收获失败，长此以往，越来越不肯努力，越来越失败，所以他的世界是悲观的。学习看着简单枯燥，可毕竟占据了生命的十几年，在付出与收获的过程中形成的积极乐观勤奋的性格，远比成绩好本身对人生的影响大。很多人之所以感觉活得疲惫不堪，是因为开始的时候不敢开始，结束的时候不敢结束！有一种落差是，你的才华配不上自己的梦想，你的能力配不上自己的野心，也辜负了所受的苦难。

随悟

逆境出人才

人生如河流，总会遇到险滩、恶石，但也是它们，让河流激起美丽的浪花！

在时代的巨浪中，我们每个人都是一粒沙子，被裹挟在人潮人海中，巨浪一波一波打来，在湍急的流水中，有人窒息，有人挣扎着逃脱，有人达到浪尖领略时代的刺激与风险。年轻人争着做弄潮儿，孩子被家长硬推着奔向浪尖，中年人站在水中央光着膀子，强忍着抵抗风浪，泥沙俱下，留下的只是沙滩上海风吹来、太阳照射下静静的你和一圈一圈拍打的浪花。

我们是在岁月河流中飘浮颠簸的，时而顺水而下奔驰千里，时而礁石阻碍沙滩搁浅，时而急流盘旋险象环伺。有时候觉得很富有，可夜深人静的时候想一想，真正能够抓住的又有几样？有时候觉得很充实，可走到终点时再回望，孤独与寂寞才是粉饰我们人生的背景墙。其实人生不必苛求太多，只要别轻易丢失了自己。

随悟

人间有味是清欢

人间至味是清欢。这些味道，已经在漫长的时光中和故土、乡亲、念旧、勤俭、坚忍等混合在一起，才下舌尖，又上心间，让我们几乎分不清哪一个是滋味，哪一种是情怀。

味道，当然不只是指舌尖上能够感受到的那些味道。我们常说，人生百味，随着我们年龄的增长，我们所听到、看到、遇到、想到的，慢慢都会积累成一种特殊的味道。比如说气质是一种味道，腹有诗书气自华；比如说品格也是一种味道，出淤泥而不染，濯清涟而不妖；比如说心情，有时候也是一种味道，此情可待成追忆，只是当时已惘然。味道，落到笔上就成了风格，吃进胃里就成了乡愁，刻在心上就成了一辈子都解不开的一个结。就像法国作家法朗士曾经说的："让我们尽情地去享受生活的滋味吧！我们感受到的越多，我们便生活得越久。"

随悟

拾贰月

犹豫不决是大忌

无论你在什么时候开始，重要的是开始后就不要停止；无论你在什么时候结束，重要的是结束后就不要后悔。

在该开始的时候开始，在该结束的时候结束，这是一种果决，也是一种智慧。很多人之所以把自己的人生过得一团糟，原因就在于，在该开始的时候犹豫，在该结束的时候还是犹豫。开始的时机很重要，但不论在什么时候开始，都比没有开始好；在该结束的时候选择结束也很重要，放弃并不是一种投降，而是重整心情，准备好下一次的出发。如果在该结束的时候不能果断地选择结束，那么也许你就得投入额外的成本，最终却还是一无所获。这是一种浪费，更是对于你自己人生的犯罪。如果你拥有开始奋斗的决心，和不轻易放弃的毅力，那么，你的所有失败，只是暂时还未成功而已。

随悟

自苦而知天下苦

只有吃过各种苦的人，才能理解各种人的苦难。理解了大众的苦难，才能在家庭、企业、社会中有真正的担当。

生命始终都有它值得敬畏的奥秘所在。对痛苦的担当，就如同对喜悦的渴望，需要以赤子之心坦然相对。生活中的许多苦难，我们要学会承受，学会担当，学会在泪水中直立自己的灵魂。生活从来都是波澜起伏的，命运从来都是峰回路转的，因为有了曲折和故事，我们的生命才会精彩。有时候，哭泣，不是屈服；后退，不是认输；放手，不是放弃；沉默，不是无话可说。摔倒了又怎样，只要你还有重新开始的勇气，你就依然年轻，依然有无限的可能。

一个受过伤的人，才能对别人受到的伤感同身受；一个吃过苦的人，才能了解别人有多苦。如果你不曾被伤痛和苦难打败，那么，你就有了和人一起抵御伤痛和苦难的担当。

随悟

摆正心态找对路

> 每个人必须摆正自己的心态，找准自己的位置，开启辛勤耕耘的模式，扎扎实实地去创造，才能在这个社会生存。

脚踏实地，低下头来，一步一步往前走。如果总是看着远方的理想，你会觉得它很远。很多年轻人都有理想，可是如果你每天都想着，我怎么还不实现我的理想，你就会焦躁，就会迷茫，反而可能会让你，离理想越来越远，只有脚踏实地，才会让理想越来越近。

一如李大钊所言，"凡事都要脚踏实地去做，不驰于空想，不骛于虚声，而惟以求真的态度作踏实的工夫。以此态度求学，则真理可明，以此态度做事，则功业可就。"

你的梦想必须脚踏实地，最后才会掷地有声。你唯一可以创造未来的方式，就是脚踏实地向前走。

随悟

谦虚使人进步

尺有所短，寸有所长，永远抱一颗谦卑的心，才能让自己更加完善。人生没有完美，只有完善；岁月没有十全十美，只有尽量。人生总要有梦想，岁月总要有追求。珍惜一份情，怀揣一份梦，就是最大的收获。

这个世界不会因为你的付出就必须给予回报，也不会因为你以怎样的方式对待别人，就要求他人同等对待你。人活在这世上，最难的就是保持一份谦卑和平和，而这份谦卑，来源于内心的真诚和踏实的努力。一山更比一山高，这世界上永远有人在某些方面比你做得更出色。唯有取长补短，才能让你百尺竿头更进一步。人要学会谦卑地往前行进，只有将自己的头低下来，才能看清楚自己走的，是怎样一条路，也能清楚地知道，自己的每一步走得是否正确。

随悟 ....

....

....

拾贰月

奇迹是努力的另一个名字

如果这世界上真有奇迹，那只是努力的另一个名字。生命中最难的阶段不是没有人懂你，而是你不懂你自己。

对待生命你不妨大胆冒险一点，因为早晚你要失去它。如果这世界上真有奇迹，那只是努力的另一个名字。没有人可以拯救你，到最后拯救你的只有你自己。绝处逢生的喜悦，大难不死的庆幸，都不是你所想象的"人品守恒"。在这个世界面前，生活是无比具体而烦琐的藤蔓，你只有从中体会到酸甜苦辣才知道它最后的余香。

世界上最难读的是人的心，还有你自己。读己如读人，读人难读己，自己往往能读懂别人，却读不懂自己。一个人的一生，不仅是读的一生，更是自己读自己的一生。最重要的是，读懂自己，关爱自己，只有先会爱自己，然后才会去爱别人。己所不欲，勿施于人。

随悟

人生需要打破

破壳而出是小鸡的生命哲学，打破旧有的阻碍和桎梏，因而得以获得新生。

鸡破壳，蝉脱壳，蝶破茧。人生同样多变，只看你想要的生活是怎样的。人分为两种类型。一种能够积极主动地从里向外破壳而出；另一种比较被动，受到外部刺激才会打破躯壳。破壳蜕变的过程是漫长的，也是痛苦的，愿此生所有的教训破壳后都会变成一种值得铭记的经历。要成就一个新的生命，就必须要突破，积蓄力量，孕育出面对阻力的勇气、打破阻力的智慧。一个鸡蛋从外破壳是毁灭，是终结；从内破壳，是突围，是新生。

随悟

从心所欲不逾矩

亚当·斯密说："以遵从自己的心做利他的行，是对社会发展最有利的思想和行为的结合，也是最大的善良。"精神层次高的人，做事决不会出于欲望和功利，他们没有被其蒙蔽双眼，而是遵从自己的内心，传递自己的善意。让我们做一个充满善良的人。

普京说："人首先应当遵从的，不是别人的意见，而是自己的良心。"当你面临选择的时候，当你遭遇两难的时候，当你陷于迷茫的时候，别急着问别人的意见，先问问自己，听听自己内心最真实的声音，最本原的想法。在擦亮自己的眼睛之后，好好用自己的双眼去分辨前进的道路。遵从自己的内心，是为了不让自己后悔。必须自己和自己搏斗，才能够征服自己。

随悟

初心不忘，未来可期

　　所谓年轻，不只是指年龄，更指一种生活心态。对世界充满好奇，对人生满怀期待，明白路途艰辛但仍一往无前，这便是年轻的生命状态。今天的你可以一无所有，唯一不能没有的是对生活的激情和对未来的期望。

　　真正的年轻，是不惧时间的。时间可以苍老大树、吹黄青山、衰败落日，但它阻止不了春风吹来的绿水江南；岁月可以衰老容颜，褶皱沧桑，脱落生机，但它影响不了年轻的心态。春来万物生，春走万物衰。人生，只有年轻的心态敢于逆着亘古不变的岁月，保持永恒。没有人永远年轻，但总有人正年轻着。只要依旧愿意去学习、去探索、去拥抱新知，就能永远保持年轻的心态，不被岁月磨去棱角。

随悟

拾贰月

一生追梦而无悔

最美好的生活方式，不是躺在床上睡到自然醒，也不是坐在家里无所事事，更不是走在街上随意购物，而是和一群志同道合的人，一起奔跑在追求理想的路上，抬头有清晰的远方，低头有坚定的脚步，回头有一路的故事。

庸庸碌碌是一生，平平淡淡是一生，精彩跌宕是一生。你的人生由你掌控，但我说：你来人间一趟，值得去山顶，看看不一样的风光。

船停在码头是最安全的，但那不是船的目的；车停在车库里是最安全的，但那不是车的目的；人呆在家里是最舒服的，但那不是人生的意义。做优秀的人，看美好的世界。这个世界上有许多你不知道的地方、不知道的人、不同的生活方式。愿我们都能遇到对的人、去到最想去的地方。除了这一生，我们又没有别的时间，何不让自己，书写属于自己的精彩？

随悟

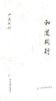

好书是俊杰之士的心血，智读汇邀您呈现精彩好书笔记

—智读汇书友俱乐部读书笔记征稿启事—

亲爱的书友：

感谢您对智读汇及智读汇·名师书苑签约作者的支持和鼓励，很高兴与您在书海中相遇。我们倡导学以致用、知行合一，特别推出互联网时代学习与成长群。通过从读书到微课分享到线下课程与入企辅导等全方位、立体化的尊贵服务，助您突破阅读、卓越成长！

书 好书是俊杰之士的心血，智读汇为您精选上品好书。

课 首创图书售后服务，关注公众号、加入读者社群即可收听／收看作者精彩微课还有线上读书活动，聆听作者与书友互动分享。

社群 圣贤曰："物以类聚，人以群分。"这是购买、阅读好书的书友专享社群，以书会友，无限可能。

在此，我们诚挚地向您发出邀请：请您将本书的读书笔记发给我们。

同时，如果您还有珍藏的好书，并为之记录读书心得与感悟；如果你在阅读的旅程中也有一份感动与收获；如果你也和我们一样，与书为友、与书为伴……欢迎您和我们一起，为更多书友呈现精彩的读书笔记。

笔记要求：经管、社科或人文类图书原创读书笔记，字数2000字以上。

投稿邮箱：3391271633@qq.com

投稿微信：zhiduhui9

读书笔记被"智读汇书友"公众号选用即回馈精美图书1本。精美图书范围：1. 智读汇已出版图书；2. 京东、当当书城心仪已久的好书。

每篇采用的读书笔记，两者任选1本，免费赠书（包邮）。

所有智读汇出版的图书背后，都有精品课程值得关注。欢迎咨询作者课程，希望到课堂现场聆听作者精彩分享请与我们联系，我们共同分享阅读、学习与成长的乐趣！

咨询：13816981508，15921181308（兼微信）

欢迎关注智读汇书友

● 更多精彩好课内容请登录 智读汇网：www.zduhui.com